Für jeden, der gerade ein bisschen Licht braucht!

Foto: Felix Rauh

Über mich

Ich wurde 1991 im schönen Fürth geboren, wo ich auch heute noch lebe und arbeite. Was ich am Erfinden und Schreiben von Geschichten liebe, ist, dass ich durch meine Figuren immer wieder in andere Leben abtauchen, neue Orte kennenlernen und ungefähr hundert unterschiedliche Gefühlsregungen in einer Stunde durchleben kann.

Evas Weihnachtsliste

Ein Kurzroman in 24 Kapiteln

Christina Schmidt

Bibliografische Information der Deutschen Nationalbibliothek:
Die Deutsche Nationalbibliothek verzeichnet diese
Publikation in der Deutschen Nationalbibliografie;
detaillierte bibliografische Daten sind im Internet
über http://dnb.dnb.de abrufbar.

Dies ist eine fiktive Geschichte.
Jegliche Ähnlichkeiten mit lebenden und nicht-
lebenden Personen, sowie Orten sind nicht beabsichtigt.

Herstellung und Verlag: BoD – Books on Demand,
Norderstedt

ISBN: 9-783752-646696

1

Eigentlich liebe ich Weihnachten. Aber in diesem Jahr fühle ich mich, als wäre eine Horde Rentiere über mich hinweg getrampelt. Aus dem Radio tönt gerade zum gefühlt tausendsten Mal *Last Christmas* und ich könnte heulen.

Last Christmas…hatte ich noch einen Verlobten, eine eigene Wohnung und war glücklich in meinem Job.

Am liebsten würde ich George Michael gerade in den Arsch treten und ich fürchte, das sieht man mir an. Zumindest wenn ich den Blick, den mir meine Chefin Rita zuwirft richtig deute. Was kann ich denn dafür, wenn dieses Jahr das mit Abstand mieseste meines Lebens war. Es mag Leute geben, die dann trotzdem ständig lächeln können und sich ihre Gefühle nicht anmerken lassen. Bis vor etwa zwei Monaten war ich der festen Überzeugung zu ihnen zu gehören, aber allein der Gedanke an ein Lächeln löst bei mir momentan Brechreiz aus. Die Bandbreite meiner Gefühle reicht gerade nur von *Ich bin so traurig, dass ich eine Packung Chips und drei Tafeln Schokolade vorm Fernseher esse* bis *Ich bin so wütend, dass ich am liebsten jeden verprügeln würde, der mich blöd anschaut.*

»Haben Sie *Hatchimals*?«, werde ich aus meinen Gedanken gerissen.

Vor mir steht ein Mann, vermutlich Mitte fünfzig in einem schicken Anzug mit Krawatte. Darüber trägt er einen eleganten Wollmantel. Seine Haare liegen derart adrett auf seinem Kopf, als hätte er jemanden, der sich jeden Morgen nur darum kümmert, dass seine Frisur sitzt. Mein früheres Ich hätte ihn durchaus attraktiv gefunden.

»Nein, tut mir Leid, die sind seit Wochen ausverkauft. Wir erwarten die nächste Lieferung gegen März.«

Er ist der fünfzehnte, der heute nach DEM Spielzeug des Jahres fragt, kleinen Plüschfiguren ähnlich den *Furbys*, die meine Freundinnen als Kinder hatten. Und wie allen anderen vor ihm, kann ich ihm leider nicht die Nachricht geben, die er sich erhofft hat. Seine Augenbrauen ziehen sich zusammen.

»Haben Sie nicht mal mehr ein klitzekleines?«

Ich schüttle den Kopf. »Die sind alle weg.«

»Aber Sie haben doch bestimmt noch ein oder zwei Stück im Lager für Notfälle...«

Himmel, er hat es immer noch nicht begriffen und langsam werde ich ungeduldig, attraktiv hin oder her.

»Hören Sie, wir haben wirklich kein *Hatchimal* mehr, weder im Lager noch sonst irgendwo.«

Sein Gesicht verzieht sich und jetzt wirkt er kein bisschen attraktiv mehr. Eher gefährlich. Er baut sich vor mir auf, als hätte ich persönlich alle *Hatchimals* vor ihm versteckt. Gerade jetzt ist Rita natürlich nirgends zu sehen.

»Eva.« Er liest den Namen von meinem Namensschild ab und bleibt dabei einen Tick zu lange mit seinem Blick an meinem Busen hängen. Meine bisher gemäßigte Gleichgültigkeit wandelt sich allmählich in eine in meinem Inneren brodelnde Wut.

»Ich habe drei Töchter und alle drei wollen eines dieser verfluchten Viecher zu Weihnachten.« Er spricht leise, aber sein Tonfall klingt bedrohlich. »Sie wissen doch selbst wie Frauen sind, wenn sie nicht bekommen, was sie wollen.« Er grinst süffisant. »Also rücken Sie jetzt gefälligst drei *Hatchimals* raus, sonst vergesse ich mich.«

Wäre ich im Moment ich selbst, hätte mich seine verbale Attacke kalt gelassen und ich hätte Rita gerufen, damit sie übernimmt. Ich bin aber seit fast zwei Monaten nicht mehr ich selbst. Also baue ich mich meinerseits vor ihm auf, was bei meiner Größe von 1,68 m nicht ganz so beeindruckend wirkt und lege dafür meine ganze Verachtung in meinen Blick. »Jetzt hören Sie mir mal zu, Sie aufgeblasenes Arschloch.« Meine Stimme klingt schriller als beabsichtigt. »Wie oft soll ich Ihnen noch sagen, dass die *Hatchimals* AUSVER-KAUFT sind? Und was soll die Anspielung auf Frauen, die nicht bekommen, was sie wollen? Sie haben doch keine Ahnung von Frauen, Sie Chauvinist, Sie!«

»Chauvinist? Sie sind genau so ein Weibsbild. Sie sind unbefriedigt und geben anderen die Schuld dafür!«

Er grinst mich immer noch überlegen an und ich merke erst, dass ich ihn an seinem Mantel gepackt habe, als mich zwei Arme von ihm weg-zerren.

»Eva, was fällt dir ein, einen Kunden anzu-greifen?!« Rita schaut mich schockiert an. »Es tut mir leid«, sagt sie an den Kunden gewandt, der immer noch ziemlich überrascht von meiner At-tacke wirkt. »Ich kümmere mich gleich um Sie.« Sie zieht mich noch ein Stück weg hinter ein Re-gal mit Barbiepuppen. »Was sollte das denn? Bist du noch ganz bei Trost? Das war ein KUNDE. Er bezahlt dein GEHALT.« Sie redet leise, aber sie spuckt mir die Worte hin und ich merke, dass sie richtig sauer ist.

Und auf einmal kann ich nicht anders. Mir schießen Tränen in die Augen, aber leider nicht nur ein paar, sondern verdammt viele. Ich habe das Gefühl, keine Luft mehr zu bekommen und stoße einen hohen Schluchzer aus.

Ich muss hier raus. Sofort.

Ich reiße mich von Rita los, die mich immer noch am Arm festhält und renne nach draußen, wo die Eiseskälte mich umfängt, die schon seit Wochen in der Stadt Einzug gehalten hat. Ich laufe, einfach immer weiter. Weg von dem Spielzeugladen, in dem ich seit drei Jahren arbeite. Nur verschwommen nehme ich meine Umgebung wahr. Menschen, vollbepackt mit Tüten, die Schaufenster der anderen Geschäfte, die alle weihnachtlich geschmückt und hell erleuchtet sind. Allmählich werde ich langsamer. Ich spüre, wie die Kälte an mir zieht. Meine Tränen fühlen sich an wie Eiszapfen in meinem Gesicht. Und dann wird mir klar, was ich gerade eben getan habe.

»Scheiße!«

Ich schreie es einfach heraus und die Leute um mich herum schauen mich teils entsetzt teils mitleidig an. Die meisten gehen einfach weiter und beachten mich gar nicht, auch wenn ich wahrscheinlich ein ungewöhnliches Bild abgebe, so ohne Winterjacke und mit verheulten Augen.

»Hey«, ruft plötzlich jemand hinter mir und

ich bleibe aus Reflex stehen. »Warten Sie!«

Der Jemand holt zu mir auf und legt mir die Hand auf die Schulter. Er ist groß, hat dunkle zerzauste Haare und grüne Augen.

»Hier«, er zieht seine Jacke aus, »ziehen Sie die an, Ihre Lippen werden schon blau.«

Er schenkt mir ein winziges Lächeln, wie um meine Reaktion zu testen. Überrumpelt nehme ich die Jacke und schlüpfe hinein. Sofort umhüllt mich ein Duft von Feuer, gebrannten Mandeln und Mann und mir kommen schon wieder die Tränen.

»Kommen Sie, gehen wir in das Café da.«

Er nimmt mich behutsam am Arm und führt mich zu einem kleinen Café, das mir zwischen all den Läden noch nie aufgefallen ist. Auf der von innen beschlagenen Scheibe steht in einer verschlungenen Schrift *Rosie's Café*. Der Mann öffnet mir die Tür und lässt mich eintreten. Das Café besteht aus einem einzigen kleinen Raum. Es gibt kaum mehr als eine Handvoll Tische und alles sieht sehr zusammen gewürfelt aus. In einer Ecke steht eine gläserne Theke, in der ich Kuchen und Gebäck vermute. Dahinter ist eine offene Tür, durch die man in eine noch kleinere Küche schauen kann. Es riecht nach Zimt, Schokolade und Kaffee und ein unbestimmtes Gefühl von

Heimat steigt in mir hoch. Wir setzen uns an einen der kleinen Holztische und der Mann sieht mich an.

»Ich habe Ihren kleinen Anfall gerade eben mitbekommen. Brauchen Sie jemanden zum Reden? Ich bin ein guter Zuhörer.«

Seine Offenheit trifft mich völlig unerwartet. Ich starre ihn an, solange bis er sich unbehaglich auf seinem Stuhl windet.

»Möchten Sie vielleicht erst etwas zu trinken oder ein Stück Kuchen? Rosies Brownies sind spitze.«

Er steht auf, ohne auf meine Antwort zu warten und geht zur Theke. Ich nutze die Gelegenheit, seine Jacke auszuziehen. Kurz darauf kommt er wieder mit zwei dampfenden Tassen.

»Hier bitte schön, heiße Schokolade mit einem Schuss Rum. Ich glaube, das können Sie gebrauchen.«

Er stellt eine Tasse vor mir ab, die andere behält er in der Hand und setzt sich wieder.

»Ich bin übrigens Max.«

»Eva.« Meine Stimme klingt kratzig und gar nicht wie ich.

»Eva.« Bei der Art, wie er meinen Namen sagt, läuft mir ein angenehmer Schauer über den Rücken. »Ein schöner Name. Also, Eva, was ist los?«

Er will wirklich, dass ich ihm erzähle, warum ich gerade meinen Job aufs Spiel gesetzt habe? Ich greife nach der heißen Schokolade und trinke einen großen Schluck. Der Rum wärmt mich von innen und der Geschmack der Schokolade hinterlässt eine angenehme Süße in meinem Mund. Ich hole tief Luft und beginne zu erzählen.

2

Zwei Monate zuvor

Müde schleppe ich mich die Treppen zu der Wohnung hinauf, in der ich seit fast fünf Jahren mit meinem Freund Timo wohne.

In Gedanken bin ich immer noch bei meiner Mutter, die in letzter Zeit wieder etwas besser aussieht. Sie besteht zwar immer noch nur aus Haut und Knochen, aber immerhin hat ihr Gesicht nicht mehr diesen aschfahlen Ton, der wie der Tod persönlich aussieht. Seit der Krebsdiagnose vor einem Jahr, hat sich für sie aber auch für mich viel geändert.

Zusätzlich zu meinen Schichten im Spielzeugladen fahre ich jeden Tag bei meiner Mutter vorbei, um für sie einzukaufen, zu kochen und sie von ihrer Krankheit abzulenken.

Der ganze Stress und auch die Sorgen um meine Mutter lassen mich nicht mehr richtig schlafen und die Ringe unter meinen Augen werden immer dunkler.

Als ich vor unserer Wohnungstür stehe und in meiner Handtasche nach dem Schlüssel krame, meldet sich mein schlechtes Gewissen. Ich weiß, dass Timo es nicht gut findet, dass ich jeden Tag bei meiner Mutter bin und wir uns so noch seltener sehen als vorher. Eigentlich wollte ich heute auch schon viel früher zuhause sein und etwas Leckeres für uns kochen, aber dann kam Mamas Nachbarin Elfriede und ich wollte nicht unhöflich sein und sofort gehen.

Ich seufze und wappne mich, während ich aufsperre, innerlich bereits vor Timos enttäuschtem Gesicht. Als ich die Wohnung betrete umfängt mich erst einmal eine für diese Uhrzeit ungewöhnliche Stille. Normalerweise läuft bei Timo immer entweder das Radio oder der Fernseher und das in einer Lautstärke, dass ich ihn schon oft erinnern musste, dass unsere Wände zu den Nachbarn hin sehr hellhörig sind.

Ich lege meine Tasche auf die Kommode, schlüpfe aus Schuhen und Jacke und gehe in die Küche, das erste Zimmer nach der Eingangstür. Sie liegt verwaist da, kein Anzeichen, dass sie heute schon einmal benutzt wurde. Ich gehe weiter und lausche, ob Timo vielleicht im Bad ist, aber ich höre weder das Rauschen der Dusche noch Timos schrägen Gesang. Erst als ich fast im Wohnzimmer angelangt bin, höre ich Geräusche. Sie kommen eindeutig aus dem Schlafzimmer, das sich neben dem Wohnzimmer befindet. Ich erstarre in der Bewegung und eine dunkle Vorahnung überfällt mich. Zuerst höre ich nur Timos Stöhnen und ich hoffe inständig, dass er allein ist und sich nur selbst befriedigt. Meine Hoffnung wird jäh zerstört, als sich ein zweites, zweifelsfrei weibliches Stöhnen daruntermischt. Ich höre das Bett knarzen und meine Schritte verselbstständigen sich. Mit zitternden Händen öffne ich die Schlafzimmertür und die Angst, die mich seit unserer ersten Begegnung vor sieben Jahren verfolgt, bestätigt sich.

Timo liegt auf dem Bett, seine Augen sind geschlossen, wie immer, wenn er kurz vor dem Höhepunkt ist. Auf ihm sitzt eine Frau mit langen braunen Haaren, die sie passend zu ihren rhythmischen Bewegungen hin und her wirft.

Ich will schreien, aber ich bringe nur ein hohes Schluchzen heraus. Anscheinend ist es laut genug, denn Timo reißt überrascht die Augen auf.

»Scheiße, Eva, was machst du denn hier?«

Die Frau dreht sich sichtlich überrascht über das abrupte Ende zu mir um, macht aber keine Anstalten, ihre Nacktheit zu bedecken. Sie lässt ihren Blick an mir hinabgleiten und ein wissendes Lächeln umspielt ihre Lippen.

»Du bist also Eva«, höre ich sie wie aus weiter Ferne sagen und ich frage mich, in welchem abgedrehten Film ich gerade die Hauptrolle spiele.

Sie steigt graziös von Timo herunter und wirft

14

ihm einen bedauernden Blick zu. Sie ist gerten-schlank und groß, genau das Gegenteil von mir. Auf dem Boden liegt ein Kleid, in das sie schlüpft, ohne sich um so unwichtige Dinge wie Unterwäsche Gedanken zu machen. Ich sehe an Timos Blick, der all ihren Bewegungen folgt, dass er mich am liebsten mit einem Schnipsen ver-schwinden lassen und da weitermachen will, wo ich die beiden unterbrochen habe.

Ich stehe da und weiß nicht, was ich sagen oder machen soll. Die normale Reaktion wäre, Timo anzuschreien und das dürre Flittchen, das sich jetzt tatsächlich zu Timo hinunterbeugt und ihm einen Kuss aufdrückt, im hohen Bogen raus-zuschmeißen, aber ich bin wie gelähmt. Erst als sie an mir vorbei geht und ich einen Schwall von ihrem Duft – Vanille gepaart mit Sex – abbe-komme, löse ich mich aus meiner Starre.

»Timo?!«

Meine Stimme hört sich selbst in meinen Oh-ren an wie die eines weinerlichen Kindes.

Er bedenkt mich mit einem genervten Blick, den ich in letzter Zeit oft gesehen habe.

»Mensch, Eva, warum bist du denn schon da? Ich dachte, du bist noch bei deiner Mutter.«

Endlich steht er auf und ich muss wegsehen. Ein nackter Timo ist mehr als ich nach dieser

Vorstellung ertragen kann. Erst als ich den Reißverschluss seiner Jeans höre, sehe ich ihn wieder an.

»Ich wollte uns etwas kochen«, antworte ich aus Reflex, bis mir klar wird, was er eben gesagt hat. »Wer war die Frau?«

»Das war Anja. Sie arbeitet bei mir in der Firma und wir lieben uns.«

In diesem Moment zerbricht etwas in mir. Ich keuche auf. »Ihr liebt euch? Aber was ist mit mir? Mit uns?«

Ich spüre, wie sich mein Herz schmerzhaft zusammenzieht und schlinge meine Arme um meinen Oberkörper.

»Evalein.« Timo kommt auf mich zu und nimmt mich in den Arm. »Das mit uns hat doch sowieso keine Zukunft. Du bist die ganze Zeit nur noch bei deiner Mutter und wenn wir uns dann sehen, bist du viel zu müde für Sex. Ich bin nun mal ein Mann, ich habe gewisse Bedürfnisse und die kannst du eben nicht mehr erfüllen. Das verstehst du doch, Eva?«

Nein, das verstehe ich nicht. Meine Mutter ist todkrank und braucht mich. Und ich brauche Timo, der mich unterstützt und für mich da ist. Aber ich sage nichts, weil ich Angst habe, ihn ganz wegzustoßen.

16

»Na siehst du, das ist meine Eva.« Er streicht mir über den Kopf und lässt mich dann los. Dann sieht er an mir herunter und schüttelt leicht den Kopf. »Schatz, ich möchte, dass du ausziehst. Anja wurde ihre Wohnung gekündigt und sie will nächste Woche hier einziehen. Du kannst doch bestimmt bei deiner Mutter wohnen.« Er wendet sich ab, dreht sich aber an der Tür noch einmal um. »Ach und, vielleicht solltest du ein paar Kilo abnehmen. In letzter Zeit bist du etwas moppelig um die Hüften geworden. Nimm dir ein Beispiel an Anja.« Er wartet nicht auf eine Reaktion, sondern geht aus dem Zimmer.

Ich stehe da und kann nicht fassen, was da gerade passiert ist. Mein Timo, der Timo, dessen Lachen mich von der ersten Sekunde an angesteckt hat, der mir Dinge gezeigt hat, die ich ohne ihn nie kennengelernt hätte, nennt mich fett und schmeißt mich raus. Weil die dürre Anja einziehen will, die seine Bedürfnisse erfüllen kann. Ich will Timo hinterherrennen, will ihn anschreien, ihm eine reinhauen, aber ich tue es nicht. Ganz tief in mir drinnen spüre ich, dass ich es nicht anders verdient habe, dass er schon immer zu gut für mich war.

»Entschuldigung, wenn ich Sie unterbreche, aber der Kerl tickt doch nicht mehr richtig.«

Max sieht mich ungläubig an und reicht mir ein Taschentuch. Das ganze Drama nochmal zu durchleben, hat die versiegt geglaubte Tränenquelle wieder aufbrechen lassen. Ich nehme das Taschentuch und schnäuze laut hinein. Für peinliche Berührtheit ist es jetzt sowieso schon zu spät.

»Sie haben Recht. Aber ohne Timo...« Ich schlucke den Kloß hinunter, der sich schon wieder in meinem Hals gebildet hat. »Ich weiß gar nicht mehr, wer ich bin und was ich will. Unsere Freunde sind eigentlich Timos Freunde. Ich habe niemanden mehr.«

Wäre ich an Max' Stelle, würde ich spätestens jetzt die Flucht ergreifen und so viel Abstand wie nur möglich zwischen uns bringen. Aber er bleibt sitzen.

»Eva«, er nimmt meine Hand und schaut mich ernst an. »Sie sind eine attraktive, junge Frau und Sie haben Feuer. Nutzen Sie die Chance, die Ihnen Ihr Ex geschenkt hat und fangen Sie von vorne an. Es ist nie zu spät!«

Sein intensiver Blick, der sich in meine Augen bohrt, zusammen mit seiner warmen Hand, die auf meiner liegt, jagt mir einen angenehmen

18

Schauer über den Rücken. Verwirrt von den Gefühlen, die mich zu übermannen drohen und von denen ich geglaubt habe, sie nie wieder fühlen zu können, senke ich den Blick und ziehe meine Hand unter seiner hervor. »Ich…«, ich räuspere mich, weil meine Stimme ganz rau ist, »ich glaube, ich muss jetzt wieder in den Laden. Versuchen zu retten, was noch zu retten ist.« Bevor er etwas sagen kann, stehe ich ruckartig auf. Ich deute auf seine Jacke, die noch über meinem Stuhl hängt.

»Danke. Für alles.« Mit diesen Worten lasse ich Max in *Rosie's Café* sitzen.

3

Eine Viertelstunde später sitze ich wie ein Häufchen Elend in Ritas Büro. Sie sitzt mir gegenüber und schaut mich schweigend an. Ihr Blick ist hart und unnachgiebig. Ich traue mich nicht, den Anfang zu machen, auch wenn ich weiß, dass Rita genau darauf wartet. Das macht sie immer.

Hinter ihr hängt eine Uhr, deren lautes Ticken mich darauf aufmerksam macht, dass es gleich sechs ist. Ladenschluss. Wenn ich Rita noch länger warten lasse, kann ich genauso gut gleich meine Sachen packen. Ich nehme also meinen ganzen Mut zusammen und hole Luft.

»Es tut mir leid…« Ich komme nicht einmal dazu, meinen Satz zu beenden.

»Es tut dir LEID?! Du hast einen Kunden beleidigt und tätlich angegriffen und es tut dir leid? Weißt du eigentlich, was passiert wäre, wenn er uns verklagt hätte? Ich hätte das Geschäft dicht machen können.« Rita ist mittlerweile aufgestanden und stützt sich mit beiden Händen auf dem Schreibtisch ab.

»Rita, er…ich hatte einen schlechten Tag und er wollte nicht…«

»Das ist mir egal, Eva. Er ist ein Kunde und in meinem Geschäft gilt, der Kunde ist König. Du kennst die Regeln.«

Ich nicke und weiß gleichzeitig, dass es sinnlos ist, mich zu rechtfertigen.

»Geh und leer deinen Schrank. Hier ist deine Kündigung.«

Sie reicht mir einen Umschlag mit meinem Namen darauf und setzt sich dann wieder hin ohne mich noch eines weiteren Blickes zu würdigen. Ich stehe auf und verlasse das Büro.

Ich weiß nicht, wie ich es schaffe, gefasst zu bleiben und nicht schon wieder loszuheulen, aber wahrscheinlich habe ich mein Kontingent an Tränen für heute schon aufgebraucht. Aus dem Mitarbeiterraum hole ich meine Jacke, Schal und Mütze, ziehe mich an und trete schließlich durch die Hintertür hinaus in die Kälte.

Das war's dann. Ich bin erledigt. Ich habe keinen Mann, keine Freunde und jetzt auch keinen Job mehr. Ich hätte Max vorhin nicht einfach sitzen lassen sollen. Er war der erste, der sich in den letzten zwei Monaten wirklich dafür interessiert hat, wie es mir geht. Scheiße. Ich habe es vermasselt. Mal wieder.

Mit schnellen Schritten gehe ich zur Bushaltestelle und hoffe, dass mein Bus keine Verspätung hat und ich wenigstens schnell nach Hause ins Warme komme. Meine Hoffnung wird jäh enttäuscht als ich auf der Anzeigetafel lese, dass der

Bus aufgrund eines Unfalls vorübergehend gar nicht fahren wird.

Na toll. Seufzend schlinge ich meinen Schal noch etwas enger um meinen Hals und mache mich auf den Weg Richtung Stadtpark. Es ist der kürzeste Weg zum Haus meiner Mutter, in dem ich seit der Trennung von Timo wieder wohne. Und weil mein Tag heute nicht noch beschissener werden kann, habe ich auch keine Angst, obwohl es bereits dunkel wird. Nach zwanzig Minuten bin ich endlich da und es wird höchste Zeit. Meine Füße und Hände sind Eisblöcke und mein Gesicht spüre ich nicht mehr.

Der Anblick des kleinen Häuschens in der ruhigen Straße, in der ich aufgewachsen bin, macht mich wie immer seltsam melancholisch. Meine Eltern haben es vor meiner Geburt im Stil eines englischen Cottage bauen lassen und ich habe mich dort immer sehr wohl gefühlt, auch als nur noch meine Mutter und ich darin gewohnt haben, weil mein Vater weit weg von uns noch eine zweite Familie gegründet und nun lieber mit dieser leben wollte. Als ich vor zwei Monaten wieder eingezogen bin, war dieses heimelige Gefühl jedoch verschwunden und stattdessen hatten Schmerzen, Krankheit und Tod Einzug gehalten.

Ich schließe die Tür auf und der Geruch von Einsamkeit umgibt mich. Seit meine Mutter vor eineinhalb Monaten gestorben ist, habe ich es nicht über mich gebracht, ihre Sachen wegzuräumen und auszumisten. Es sieht immer noch genauso aus, wie sie es hinterlassen hat.

Ich schäle mich aus meiner Jacke und dem Schal, ziehe meine Schuhe aus und warme Wollsocken an und gehe in die Küche. Im Kühlschrank herrscht bis auf ein Glas saure Gurken und einer Packung Frischkäse gähnende Leere. Im Küchenschrank finde ich eine Flasche Rum, den meine Mutter immer zum Backen benutzt hat und ich finde, heute ist der perfekte Abend, herauszufinden, warum manche Menschen ihren Kummer in Alkohol ertränken.

Ich nehme den Rum und eine Tafel Schokolade, die ich ebenfalls in den Vorräten meiner Mutter finde und mache es mir auf dem Sofa bequem. Im Fernsehen läuft irgendeine Schnulze mit einer hübschen Blondine, die denkt ihr Leben wäre schlimm. Die sollte mal mein Leben leben.

Ich mache mir gar nicht erst die Mühe ein Glas zu nehmen, sondern setze die Flasche direkt an meinen Mund an. Der Rum rinnt mir die Kehle hinunter und brennt dort wie Feuer. Ich verschlucke mich und muss husten. Verdammt, selbst dazu bin ich zu blöd. Ich reiße das Papier der Schokolade auf und beiße ein Stück ab. Dazu nehme ich noch einen Schluck Rum. Diesmal bin ich vorbereitet und auf einmal schmeckt es gar nicht mehr so übel.

Mit jedem weiteren Schluck wird der Film besser und irgendwann muss ich so lachen, dass ich vom Sofa falle, wovon ich nur noch mehr lachen muss. Ich versuche, aufzustehen und mich wieder aufs Sofa zu setzen, aber irgendwie macht mein Körper nicht mehr das, was ich will. Ich lasse mich nach hinten fallen und merke erst als ich am Boden liege, dass das keine so gute Idee war. Das Wohnzimmer dreht sich um mich herum und mit jeder weiteren Bewegung wird es schlimmer. Ich schließe meine Augen und bleibe eine Weile so liegen.

Als ich meine Augen schließlich wieder öffne, sehe ich im Fernsehen wie Blondie gerade ihren Traumprinzen küsst und mir schießen unvermittelt die Tränen in die Augen. Das Leben ist so unfair. Warum bekommen Menschen wie Blondie und Anja alles und Menschen wie ich nichts. Ich werde alleine sterben und keiner wird mich vermissen. Ich schluchze, weil der Weltschmerz mich übermannt und erst ein weiterer Schluck aus der Rumflasche schafft es, mich etwas zu beruhigen. Ich merke wie ich müde werde und versuche noch einmal, aufzustehen, was mir nicht gelingt. Resigniert bleibe ich ans Sofa gelehnt auf dem Boden sitzen und umklammere die Rumflasche.

4

Die Türklingel reißt mich aus dem Schlaf.

Ich springe auf und sofort beginnt der Raum sich zu drehen. Ich halte mich am Regal zu meiner Rechten fest und taste mich daran vor bis zum Türrahmen. Erst, als das Drehen langsam nachlässt, realisiere ich die Rumflasche, die ich immer noch fest umklammert halte. Es klingelt noch einmal und vor Schreck lasse ich die Flasche fallen. Na toll, jetzt riecht es wie im Schnapsladen.

Mir wird schlecht, aber ich kämpfe mich tapfer weiter bis zur Haustür. Die schnellen Bewegungen tragen nicht gerade dazu bei, dass die Übelkeit verschwindet. Ich öffne die Haustür und schaffe es gerade noch, mich abzuwenden, damit ich Max nicht auf die Füße kotze.

»Na, das nenn ich mal einen Empfang.«

Anstatt sich angewidert abzuwenden, wie ich das auf jeden Fall gemacht hätte, hält er mir meine Haare aus dem Gesicht bis ich mich ausgekotzt habe und auch genauso fühle.

»Was machen Sie denn hier?«

Meine Stimme hört sich selbst in meinen Ohren erbärmlich schwach an.

»Ich war heute im Spielzeugladen um nach Ihnen zu sehen und Ihre Chefin hat mir gesagt, dass Ihnen gekündigt wurde. Ich habe mir Sorgen um Sie gemacht.«

Wäre mir nicht immer noch etwas schlecht, wäre ich gerührt. »Wollen Sie reinkommen?«, erinnere ich mich an meine guten Manieren und mache Platz, damit er an mir vorbeikommt.

Er tritt ins Wohnzimmer und schaut sich um. Sein Blick bleibt an der zersplitterten Flasche hängen und ich werde rot. Gott, ist das peinlich.

»Entschuldigen Sie…« Ich schaue auf meine Füße, weil ich es nicht über mich bringe, ihn anzusehen.

»Ist schon gut, Sie brauchen sich vor mir nicht zu rechtfertigen. Wir hatten alle schon mal einen schlechten Tag.«

Er lächelt mich an und ich entspanne mich etwas. Mir ist immer noch schlecht, aber nach dem, was ich gestern getrunken habe, ist das ja auch nicht weiter verwunderlich. Selbst schuld.

»Möchten Sie vielleicht eine Tasse Tee?« Ich frage ihn vor allem deshalb, weil mir jetzt nach sitzen und einem heißen Fenchel-Anis-Kümmel-Tee ist.

»Gerne.«

Er schließt die Tür hinter sich und wir gehen durch das Wohnzimmer in die Küche, immer darauf bedacht, nicht in die Glassplitter und den verschütteten Rum zu treten. In der Küche fülle ich Wasser in den Wasserkocher und stelle ihn an.

»Marokkanische Minze oder Fenchel-Anis-Kümmel?«

Größer ist meine derzeitige Teeauswahl leider nicht. Max verkneift sich ein Grinsen und entscheidet sich für Marokkanische Minze. Ein paar Minuten später sitzen wir uns mit dampfenden Tassen gegenüber. Der Tee beruhigt meinen Magen. Einzig mein Kopf fühlt sich an, als würde jemand darin Motorrad fahren.

»Wie geht es Ihnen, Eva?«

Das ist eine sehr gute Frage. Bis auf die körperlichen Auswirkungen meines Saufgelages, habe ich heute noch nicht wirklich darüber nachgedacht. Ich seufze, als mir bewusst wird, warum ich den Rum überhaupt getrunken habe. Ich zucke mit den Schultern.

»Ich bin allein und ohne Job. Ich habe keine Ahnung, wie es jetzt weiter gehen soll.« Ich denke an meine Mutter und meine Augen füllen sich mit Tränen. »Irgendwas an Ihnen bringt mich immer zum Heulen.« Ich versuche, ihn mit einem schniefenden Lachen abzulenken. Er lächelt nur ganz kurz, dann nimmt er, wie gestern auch schon meine Hand.

»Ich weiß, wie Sie sich fühlen, Eva.«

»Sagt das nicht jeder?« Ich wische mir die Tränen von der Wange und nehme dankbar das Taschentuch, das Max mir hinhält.

»Ja, aber diesmal stimmt es. Ich weiß wirklich wie Sie sich fühlen und ich möchte Ihnen helfen.«

Überrascht schaue ich ihn an. Wie ich auf ihn wirken muss, möchte ich mir am liebsten gar nicht vorstellen. Ich trage dieselben Klamotten wie gestern nur mit einem Paar dicker Wollsocken, meine Augen sind bestimmt total verquollen vom vielen Heulen und ich habe eine Alkoholfahne, die man mit Sicherheit auch am anderen Ende des Tisches noch riechen kann. Nein, an meinem attraktiven Äußeren kann es nicht liegen. Trotzdem sitzt Max da und sieht mich auf eine Reaktion wartend an.

»Warum?«, bringe ich schließlich heraus.

Er runzelt die Stirn und sein Körper spannt sich kurz an. »Weil Sie mich an jemanden erinnern.«

Die Art und Weise wie er es sagt lässt keine Nachfragen zu und ich gebe mich fürs Erste damit zufrieden.

»Wie wollen Sie mir denn helfen?«

Er entspannt sich wieder und lächelt. »Ich dachte mir, wir schreiben zuallererst eine Liste, mit all den Dingen, die Ihnen helfen könnten, Ihr Leben wieder in den Griff zu bekommen. Dann haben Sie einen guten Überblick und etwas, an dem Sie sich entlang hangeln können.«

Eine *Liste*?!

Da sitzt dieser nette, attraktive Kerl in meiner Küche, mein Leben ist ein einziger Scherbenhaufen, ich habe den schlimmsten Kater, den ich jemals hatte und er schlägt mir ernsthaft vor, ich soll einfach eine Liste schreiben?! Fast muss ich lachen, aber Max sieht mich ernst und aufmerksam an.

»Mir hilft es immer, die Dinge aufzuschreiben. Es ist vielleicht kein Allheilmittel, aber es ist ein Anfang. Und sehen Sie es mal so, schlimmer als jetzt kann es dadurch auch nicht mehr werden.«

Ich seufze, weil ich weiß, dass er Recht hat. »Also gut, eine Liste.« Ich stehe auf und hole ein Blatt Papier und einen Bleistift aus der Schublade des alten Küchenregals meiner Mutter.

»Gut, fangen wir an. Was stört Sie am meisten an Ihrer derzeitigen Situation?«

Ok, jetzt geht es wirklich zur Sache. Ich habe das Gefühl, in einer Therapiestunde zu sitzen und frage mich, wie ich da hinein geraten bin und vor allem, wie ich da wieder rauskomme.

Das Reden gestern hat zwar gut getan, aber da war Max ein Fremder, den ich eigentlich nie wieder hätte sehen sollen. Kann ich wirklich einen Seelenstriptease vor ihm hinlegen?

Vielleicht sollte ich mich einfach bei ihm fürs Zuhören bedanken, mich von ihm verabschieden und ihn zur Tür begleiten. Mein Verstand rät mir dringend dazu, aber irgendetwas hält mich davon ab. Vielleicht ist es der Ausdruck seiner Augen, so als wüsste er genau, was ich denke. Und einfach so bricht es aus mir heraus.

»Ich lebe in einem Haus, das mich an meine tote Mutter, Krankheit und Schmerzen erinnert, ich bin allein, habe keinen Job und keine Ahnung, wie ich die nächsten Monate über die Runden kommen soll.« Meine Stimme bricht und ich räuspere mich. »In weniger als zwei Wochen ist Weihnachten, das ich früher wirklich geliebt habe, aber der Gedanke daran bringt mich jetzt nur noch dazu, mir die Decke über den Kopf ziehen zu wollen und zu warten bis der ganze Spuk endlich vorbei ist.«

Max sitzt immer noch da und sieht mich abwartend an.

»Mein Freund hat mich nach sieben Jahren für ein dürres Knochengerippe verlassen, das allem Anschein nach eine Granate im Bett ist, was man von mir ja nun nicht wirklich behaupten kann.«

Bei meinen letzten Worten zuckt Max kurz zusammen.

»Die einzige Freundin, die ich noch habe, lebt mit ihrem Mann und drei entzückenden Kindern in Südamerika und wir sehen uns nur noch gefühlt alle zehn Jahre. Alle anderen Freunde haben sich von mir abgewandt, als Timo mit mir Schluss gemacht hat. Suchen Sie sich etwas aus.«

Am Schluss trieft meine Stimme vor Sarkasmus und kurz befürchte ich, Max nun endgültig in die Flucht geschlagen zu haben.

Aber der fängt nur an, seelenruhig etwas auf das Blatt Papier zu schreiben. Ungläubig betrachte ich ihn. Wer ist dieser Mann?

Nach etwa fünf Minuten schiebt er mir das Blatt über den Tisch. *Evas Weihnachtsliste* steht in schön geschwungener Handschrift ganz oben. Ich lese weiter.

Evas Weihnachtsliste

1. *Das Haus aufräumen*

2. *Das Haus nach meinem Geschmack und meinen Wünschen umgestalten*

3. *Mich wieder wie ein Kind fühlen, frei und unbefangen*

4. *Mir einen lange gehegten Wunsch erfüllen*

5. *Mich wieder mit Weihnachten anfreunden*

6. *Mindestens einem anderen Menschen helfen*

5

Auch lange nachdem Max gegangen ist, kann ich nicht aufhören, über die Liste nachzudenken.

»Können Sie sich damit anfreunden?«, hat er gefragt, kaum dass ich mit dem Lesen fertig war.

Aus Angst, ihn zu enttäuschen habe ich genickt, obwohl ich nicht weiß wie mir alles außer den ersten beiden Punkten helfen soll, mein Leben wieder in den Griff zu kriegen.

Ich meine, mich *wieder wie ein Kind fühlen*, wie soll ich das denn bitte anstellen? Tatsache ist, dass ich eben kein Kind mehr bin, sondern bereits 28 Lebensjahre hinter mir habe, die mir gezeigt haben, dass das Leben alles andere als einfach und leicht ist, sondern ein ziemlich hartes Stück Arbeit.

Oder mich *wieder mit Weihnachten anfreunden*. Es ist ja nicht so, dass ich gesagt hätte, *so Weihnachten, ab jetzt bist du nicht mehr mein Freund*. Wie aber soll, bei all dem Chaos, das derzeit mein Leben ist, auch nur ansatzweise so etwas wie weihnachtliche Stimmung aufkommen?

Allerdings habe ich per Handschlag meinen Pakt mit Max besiegelt, dass ich die Liste bis Weihnachten abarbeite und er mir dabei hilft. Wie diese Hilfe konkret aussieht, weiß ich nicht und ich bin mir nicht sicher, ob Max es selber weiß.

Aber zum ersten Mal seit Monaten sehe ich wieder etwas Licht am Ende des Tunnels. Selbst wenn ich nur die ersten beiden Punkte der Liste abhaken kann, wohne ich immerhin nicht länger in einem provisorischen Krankenhaus, sondern in einem schönen, gemütlichen Cottage, das ganz nach meinen Wünschen eingerichtet ist.

Der Gedanke, wie ich darin in meinen kuscheligen Wollsocken mit einer heißen Tasse Tee vor dem Kamin sitze, entlockt mir sogar ein richtiges Lächeln und mir wird vor Aufregung und Vorfreude ganz warm.

Eine plötzliche Euphorie erfasst mich. Voller Tatendrang stehe ich auf und gehe ins Schlafzimmer. Das heißt, ich will ins Schlafzimmer gehen, werde aber vom scharfen Geruch des Rums, der sich mittlerweile im Wohnzimmer auf dem Boden ausgebreitet hat und von einer winzigen Glasscherbe, die sich in meine große Zehe bohrt, ausgebremst.

Mir rutscht ein lautes »Au, verdammt!« heraus und ich humple um die Rumlache herum, die Treppen hinauf ins Schlafzimmer, wo ich erstmal die nassen Wollsocken ausziehe. Wenigstens muss ich die Wunde nicht mehr desinfizieren, denke ich und fange bei diesem Gedanken an zu lachen.

Ich schüttle mich vor Lachen, kann gar nicht mehr aufhören und bin froh, dass Max weg ist. Andernfalls würde er mich spätestens jetzt für verrückt halten. Immer noch glucksend hole ich ein Pflaster aus dem Nachtkästchen meiner Mutter, verarzte meine Zehe und ziehe mir frische Klamotten an, bequeme Yogapants, ein Langarmshirt und ein neues Paar Wollsocken. Dann binde ich meine Haare zu einem unordentlichen Pferdeschwanz und halte kurz inne um mich zu sammeln. Fast hätte ich noch in die Hände geklatscht, wie die Frauen in den Filmen aus den 60er Jahren bevor sie anfangen zu putzen, aber das wäre dann wohl doch etwas übertrieben.

Musik.

Früher, wenn ich mein Zimmer aufräumen sollte, hat meine Mutter mir immer geraten, Musik dazu zu hören, weil das das Aufräumen leichter macht. Und ich weiß genau, was ich heute hören werde.

Den Soundtrack von *Guardians of the Galaxy*, einer der letzten Filme, den ich mit meiner Mutter angeschaut habe, bevor sie gestorben ist. Den Film selbst fand sie albern, aber die Musik hat es ihr angetan. »Meine Jugend«, hat sie geseufzt und mich solange damit genervt, bis ich den Soundtrack gekauft habe. Die ersten Klänge von

Come and Get Your Love tönen aus den Boxen und ich mache mich beschwingt an die Arbeit.

Als erstes beseitige ich vorsichtig die Scherben der Rumflasche und die Reste des Rums. Dann hole ich eine Rolle Müllbeutel aus der Küche.

Systematisch durchkämme ich Zimmer für Zimmer und ordne alles in drei Kategorien. Ein Haufen für Müll, einen für Sachen, die ich zum Gebrauchtwarenhof fahren kann und einen mit Dingen, die ich behalten will.

Es ist wirklich erstaunlich, was man in einem alten Haus alles findet. Bilder, die ich im Kindergarten gemalt habe, Basteleien aus der Schule, Poster aus meiner Teeniezeit, meine alten Lieblingsklamotten. Ich hatte keine Ahnung, dass meine Mutter das alles aufgehoben hat.

Bei einigen Dingen muss ich schmunzeln wie bei dem Foto, das meine Mutter, meine beste Freundin Selina und mich in einem Fotoautomaten zeigt. Selina und ich mussten meine Mutter damals lange bequatschen bis sie sich schließlich mit uns in die enge Kabine gequetscht hat. Dann hatten wir so einen Spaß, Grimassen zu schneiden, dass wir gar nicht mehr rauskommen wollten.

Bei anderen Dingen werde ich wütend wie bei dem Hochzeitsbild meiner Eltern, das ich ganz hinten im Kleiderschrank finde, eingewickelt in einen dicken Schal. Obwohl ich mich an meinen Vater gar nicht mehr richtig erinnern kann, tut es mir jedes Mal weh, wenn ich daran denke wie sehr meine Mutter darunter gelitten hat, dass er gegangen ist.

Bei manchen Dingen fange ich auch wieder ein bisschen an zu weinen wie bei den Lieblingskleidern meiner Mutter, die immer noch fein säuberlich im Schrank hängen. Eines davon behalte ich, weil es eine der schönsten Erinnerungen an sie ist, die anderen kommen auf den Stapel für den Gebrauchtwarenhof. So freut sich wenigstens noch jemand darüber.

Das Aufräumen klappt – jetzt, da ich endlich damit angefangen habe- erstaunlich gut. Währenddessen tanze und singe ich zur Musik und merke, wie gut mir das eigentlich tut. Vielleicht ist die Liste wirklich das, was ich gebraucht habe.

Nach ein paar Stunden habe ich einen riesigen Stapel für den Gebrauchtwarenhof, einen ebenso großen Haufen Müll und einen kleinen Stapel mit den Dingen, die ich behalte.

Ich fühle mich ziemlich gut und bin stolz darauf, was ich heute alles geschafft habe. Am liebsten würde ich mit jemandem darüber reden, aber da meine einzige Freundin am anderen Ende der Welt sitzt und sämtliche Freunde, die ich hier hatte nicht mehr meine Freunde sind, bleibt mir nur übrig Max' Nummer zu wählen, die er mir, kurz bevor er heute Morgen gegangen ist, in mein Handy getippt hat. Nach dem dritten Klingeln geht er ran.

»Hi, ich bin's Eva.« Ich merke erst, wie nervös ich deswegen bin, als er antwortet.

»Eva, schön, dass Sie anrufen. Was gibt's?« Seine Stimme klingt selbst durchs Telefon warm und angenehm.

»Ich habe den ganzen Tag aufgeräumt. Haben Sie Lust nachher auf eine Pizza vorbeizukommen?« Ich halte die Luft an, während ich auf seine Antwort warte.

»Sehr gerne. Ich könnte bis halb acht bei Ihnen sein, wenn Ihnen das passt.«

Erleichtert, weil er zugesagt hat, schaue ich auf die Uhr. Kurz vor sechs. Das reicht, um noch ein paar Sachen zu besorgen.

»Super, dann sehen wir uns nachher.«

Nachdem wir aufgelegt haben, fahre ich mit dem alten Fahrrad meiner Mutter zum Supermarkt und besorge Tomaten, Mozzarella, Feldsalat und etwas frisches Basilikum im Topf.

Wieder daheim knete ich erstmal einen Pizzateig.

Wie lange ist es her, dass ich richtig gekocht habe? Ich kann mich nicht erinnern, weiß nur, dass ich es echt vermisst habe.

Der weiche Hefeteig seufzt wohlig unter meinen Händen und ich knete ihn noch eine extra Runde, bevor ich ihn in eine Schüssel gebe und mit einem Geschirrtuch abdecke.

Dann schüre ich noch schnell den Kamin an, damit wir nachher nicht frieren. Es ist mittlerweile sieben und ich beeile mich, damit ich noch kurz unter die Dusche hüpfen und mich etwas frisch machen kann. Pünktlich um halb acht bin ich fertig, nur meine Haare sind noch etwas feucht.

Max ist noch nicht da, also fang ich schon einmal an, den Teig auf zwei Blechen gleichmäßig zu Kreisen zu formen. Auf die Kreise streiche ich Olivenöl und belege beide Pizzen mit in dünne Scheiben geschnittenen Tomaten und Mozzarella. Dann bestreue ich sie noch mit Meersalz und frischem Pfeffer.

Gerade als ich die Pizzen in den Ofen schiebe, klingelt es.

Max hat von der Kälte ganz rote Wangen und seine Haare stehen vom Wind durchgepustet wild in alle Richtungen ab. In der Hand hält er eine Flasche Rotwein.

»Hallo, kommen Sie rein.«

Ich trete einen Schritt zur Seite, damit er an mir vorbeigehen kann. Mit ihm kommt ein Schwall kalter Luft herein. Ich schließe schnell die Tür und verbanne die Kälte wieder nach draußen.

Max beugt sich vor und gibt mir einen Kuss auf die Wange. Die Berührung ist mir überraschenderweise nicht unangenehm, im Gegenteil. Allerdings stört mich das förmliche Sie in Anbetracht der Tatsache, dass Max mich schon an meinem persönlichen Tiefpunkt erlebt hat.

»Was halten Sie eigentlich davon, wenn wir uns duzen?«

Er sieht mich kurz überrascht an. »Sehr gerne. Hier, ich dachte, wir stoßen auf dich an. Also, wenn du den schon wieder trinken kannst.«

Er grinst, als er mir die Flasche gibt und ich werde in Erinnerung an heute Morgen rot. Ich kann gar nicht glauben, dass seitdem erst ein paar Stunden vergangen sind.

Max zieht seine Jacke aus und hängt sie an die Garderobe. Dann macht er Anstalten, seine

Schuhe auszuziehen.

»Bitte, lass doch deine Schuhe an. Ich habe leider kein Ersatzpaar Hausschuhe und die Böden sind alle aus Stein.«

Er zuckt mit den Schultern und folgt mir durchs Wohnzimmer in die Küche.

»Die Pizzen sind gleich fertig und den Salat muss ich nur noch anmachen. Du kannst dich gerne schon hinsetzen.« Ich deute wage in Richtung des Küchentischs und schiele nebenbei zum Ofen, um zu sehen wie weit die Pizzen sind.

Max nimmt mir die Flasche Wein wieder ab. »Wo hast du denn einen Flaschenöffner und Gläser?«

Ich gebe ihm einen Korkenzieher aus der Schublade hinter mir. »Gläser sind dort im Hängeschrank.«

Er öffnet den Wein, holt zwei Gläser heraus und schenkt etwas Wein hinein. In der Zwischenzeit rühre ich eine Salatsoße für den Feldsalat zusammen und mache ihn an. Max reicht mir ein Glas und wir stoßen an.

»Auf die Liste.«

»Auf dich und deine Hilfe.«

Ich bin ihm wirklich dankbar. Immerhin haben Max' Worte dafür gesorgt, dass mein Haus jetzt nicht mehr nach einer Rumpelkammer oder einem Krankenhaus aussieht.

Der Wein schmeckt wunderbar herb. Max nimmt ebenfalls einen Schluck und setzt sich dann an den Tisch. Ich hole zwei große Teller aus dem Schrank und die Pizzen aus dem Ofen. Der Mozzarella ist schön geschmolzen und leicht gebräunt. Ich zupfe ein paar Blättchen Basilikum ab und garniere beide Pizzen damit.

»Das riecht köstlich.«

Max sieht mir zu wie ich die Pizzen schneide und auf den Tellern verteile. Ich lächle vor mich hin und mache mir gedanklich eine Notiz, von jetzt an wieder öfter frisch zu kochen.

»Dann lass es dir schmecken.«

»Guten Appetit.«

Max beißt ein Stück ab und verdreht kurz darauf genießerisch die Augen. »Meine Güte, Eva, die ist der Wahnsinn!«

Ich werde ein bisschen rot und freue mich, dass es ihm schmeckt. Den Rest der Pizza essen wir in andächtiger Stille. Als auch der letzte Krümel weg ist, lehnt Max sich zufrieden zurück.

»Kochst du gerne?«

Ich nicke. »Leider bin ich in den letzten Monaten nicht mehr richtig dazu gekommen. Früher habe ich jeden Tag frisch gekocht.« Ich seufze in Erinnerung an diese Zeit und verdränge die aufkommenden Gedanken. »Möchtest du einen Espresso?«

»Gerne.«

Ich hole den alten Espressokocher aus dem Schrank, gebe Pulver und Wasser hinein und stelle die Kanne auf den Herd. Zum Geburtstag wollte ich meiner Mutter einmal eine neue Espressomaschine schenken, aber sie hat sich strikt geweigert, sie zu benutzen. Jetzt steht sie bei Timo.

»Ich würde dir gerne noch etwas Süßes zum Espresso anbieten, aber ich habe nicht mal Kekse im Haus, geschweige denn etwas, aus dem man ein Dessert zaubern könnte.«

Innerlich haue ich mir auf die Stirn, weil ich vorhin beim Einkaufen nicht daran gedacht habe, wenigstens ein paar Amarettini oder etwas Ähnliches mitzunehmen.

»Ich glaube, da kann ich dir helfen.« Max lächelt geheimnisvoll. »Ich bin gleich wieder da.«

Dann steht er auf, geht durchs Wohnzimmer zur Tür und weg ist er. Kurze Zeit später steht er wieder vor mir, in der Hand einen kleinen bunten Karton. Er öffnet ihn und zum Vorschein kommen zwei Brownies. Und sie sehen verdammt lecker aus.

»Ich dachte mir, ich hole uns ein paar von Rosies Brownies, nachdem du gestern ja leider nicht mehr dazu gekommen bist, sie zu probieren. Mit lieben Grüßen von Rosie.«

Ich bin sprachlos. Ich lasse ihn sitzen, obwohl er mir heiße Schokolade gebracht und mir zugehört hat, kotze ihm vor die Füße und als Dankeschön bringt er mir auch noch Brownies mit?

Max sieht mich erwartungsvoll an und auf einmal kann ich einfach nicht anders. Ich stehe auf und umarme ihn.

»Danke.«

Max erwidert die Umarmung und wir bleiben kurz so stehen. Es fühlt sich an, als würden wir uns schon ewig kennen und nicht erst seit gestern. Seine Arme halten mich, als hätten sie mich schon immer gehalten und mein Körper schmiegt sich perfekt an seinen. Auf einmal wird mir klar, wie nah wir uns sind und dass mir das viel zu schnell geht. Ich löse mich von ihm und sage dabei betont locker: »Dann bin ich mal gespannt, ob sie halten, was du versprichst.«

Max räuspert sich, offensichtlich überrascht über das abrupte Ende.

»Rosies Brownies sind die besten. Dafür lege ich meine Hand ins Feuer.«

Seine Stimme klingt etwas rau, aber sonst scheint er sich wieder gefangen zu haben. Ich hole zwei Gabeln und gebe ihm eine. Dann nehme ich einen Bissen und bin sofort hin und weg. Das Aroma der Schokolade breitet sich in meinem Mund aus und lässt mich seufzen. Max grinst und nimmt ebenfalls einen Bissen.

»Und, habe ich zu viel versprochen?«

Ich schüttle den Kopf und nehme eine zweite Gabel. Der Teig ist unglaublich saftig und weich. Ich schließe die Augen. Ich glaube, ich habe noch nie im Leben etwas Himmlischeres gegessen. Viel zu schnell sind beide Brownies weg und der Espresso getrunken.

»Das war ein sehr schöner Abend«, sagt Max, als er fertig ist, »aber ich befürchte, ich muss mich langsam auf den Weg machen.«

Klar, er muss bestimmt morgen arbeiten. Im Gegensatz zu mir. Ich verdränge den Gedanken und stehe auf, um Max zur Tür zu begleiten.

»Schön, dass du da warst.« Ich küsse ihn auf die Wange, so wie er es vorhin bei mir gemacht hat.

»Bis bald, Eva.«

7

In dieser Nacht schlafe ich das erste Mal seit Monaten wieder durch und fühle mich am nächsten Morgen frisch und ausgeruht. Fast schon beschwingt.

Ich stehe auf, gönne mir eine ausgiebige Dusche und beschließe, mir in der Stadt etwas zum Frühstücken zu holen.

Draußen ist es immer noch ziemlich kalt und ich bin froh über meinen dicken Daunenmantel und den selbstgestrickten Schal, den ich letztes Jahr von meiner Mutter zu Weihnachten bekommen habe.

Die Dächer und Zäune sind mit einer dünnen Frostschicht überzogen, die im Licht der Morgensonne silbern glitzern. Auch heute nehme ich den Weg durch den Stadtpark. Vorbei am Stadtparkweiher, der dieses Jahr endlich wieder zugefroren ist. Beim Anblick der glitzernden Eisfläche bekomme ich auf einmal Lust, Schlittschuh zu laufen. So wie damals mit Selina, als wir noch keine größeren Probleme hatten als unsere Füße hinterher wieder warm zu kriegen.

In der Stadt lasse ich mich treiben und versuche, dabei nicht an den Spielzeugladen zu denken. Plötzlich stehe ich vor *Rosie's Café*. Beim Gedanken, an den Brownie läuft mir das Wasser im Mund zusammen und ich öffne die Glastür.

Drinnen umfängt mich sofort wieder der Geruch nach Kaffee, Schokolade und Gewürzen. Außer mir ist noch kein Mensch im Café, nur aus der Küche höre ich Geräusche.

»Ich bin gleich da«, ruft eine Stimme mit starkem amerikanischem Akzent.

Ich gehe zu der kleinen Theke aus Glas hinüber. Was ich dort sehe, versetzt mich in eine kindliche Vorfreude. Brownies, Cupcakes mit fluffigen Cremehauben in verschiedenen Farben, mit Glitzer, Perlen und Zuckerstangen dekoriert, kleine Küchlein in verschiedenen Formen, liebevoll verziert und Kekse mit einer dicken Schicht Zuckerguss überzogen.

»Was kann ich für dich tun, Honey?«

Eine Frau, etwa Mitte Fünfzig kommt aus der Küche und wischt sich die Hände an der Schürze ab, die sie sich locker umgebunden hat. Auf der Schürze ist ein nackter Weihnachtsmann mit Sixpack abgebildet, und darunter steht *Something hot for x-mas?* Ich kann ein kleines Kichern nicht unterdrücken. Die Frau folgt meinem Blick und sieht an sich hinunter.

»Gefällt sie dir? Eine Freundin hat sie mir aus den USA geschickt.« Sie lächelt mich an. »Du bist Eva, oder?«

Ich nicke überrascht.

»Max hat mir von dir erzählt. Ich bin Rosie, schön dich kennenzulernen.« Sie streckt mir ihre Hand über der Theke entgegen und ich schüttle sie, immer noch etwas verwirrt. »Max ist ein lieber Kerl. Er gehört zu den Guten!«

Für einen Moment verschwimmt ihr Blick und es scheint, als würde sie sich an etwas Schmerzvolles erinnern, dann schaut sie mich wieder an und das Lächeln kehrt zurück.

»Was kann ich heute für dich tun?«

»Ich hätte gerne eine Tasse Kaffee und einen Brownie. Vielen Dank dafür übrigens.«

»Nichts zu danken, Honey. Den hast du gebraucht. Heute brauchst du aber etwas anderes. Vertrau mir.«

Sie zwinkert mir zu und verschwindet in der Küche. Kurze Zeit später erscheint sie mit einer dampfenden Tasse und einem Teller wieder.

»Hier, probier die. Zimtschnecken nach einem Rezept meiner Granny. Frisch aus dem Ofen.«

Die Zimtschnecke sieht wahnsinnig lecker aus, die Zimt-Zucker-Mischung läuft heraus und wirft kleine Bläschen und ich warte gar nicht erst, bis ich mich hinsetze, sondern beiße gleich ein Stück ab. Sie schmeckt himmlisch, der Teig ist weich und dennoch schön luftig, die Füllung ist knusprig und gleichzeitig zergeht sie wunderbar auf der Zunge. Noch nie im Leben habe ich etwas Besseres gegessen.

Rosie lächelt zufrieden, als ob sie mir genau das ansieht und legt mir eine weitere Zimtschnecke auf den Teller. Ich bedanke mich bei ihr und setze mich mit meiner Tasse und den Zimtschnecken an einen der Tische. Ich lasse mir beide schmecken, versinke richtig in diesem Moment und komme erst wieder zu mir, als ich das Kratzen eines Stuhls, der über den Boden gezogen wird vernehme. Ich blicke auf und sehe, wie Rosie sich mit einer Tasse Kaffee zu mir an den Tisch setzt.

»Geht es dir wieder besser?«

Ich schaue sie fragend an.

»Als Max dich hergebracht hat, hast du sehr traurig ausgesehen. Heute siehst du besser aus, aber ich weiß selbst, dass der Schein manchmal trügt.«

Sie sieht mich an, als würde sie meine Gedanken und Gefühle in meinen Augen erkennen.

Ich seufze. »Heute geht es mir definitiv besser, ja. Max hat mir geholfen.«

Ich lächle in Erinnerung daran, wie er gestern vor meiner Tür aufgetaucht ist. Dann erzähle ich ihr von der Liste. Rosie hört aufmerksam zu und nickt dann.

»Das hört sich nach Max an.«

»Woher kennt ihr euch eigentlich?«

»Max stand, genau wie du, einmal an einem Punkt, dass er dachte, sein Leben mache keinen Sinn mehr. Eines Tages tauchte er vor meinem Café auf, ich wollte gerade schließen, aber er sah so verzweifelt aus, dass ich ihn hereingebeten habe. Bei einem Brownie hat er mir seine Geschichte erzählt und seitdem sind wir befreundet.«

»Was ist seine Geschichte?«

Die Neugierde, was Max dazu gebracht haben könnte, mir zu helfen, wird durch Rosies Worte wieder wach.

»Das, Honey, muss er dir selbst erzählen. Wenn er dazu bereit ist.«

Rosie lächelt mich noch einmal an, dann steht sie auf und geht zurück in die Küche. Ich bleibe ratlos zurück.

8

Nach dem seltsamen Besuch bei Rosie, vertreibe ich die Gedanken, die mir durch den Kopf gehen mit einem weiteren Spaziergang durch den Stadtpark. Früher habe ich das fast jeden Tag gemacht, aber als ich dann mit Timo ans andere Ende der Stadt gezogen bin, war mir der Weg einfach zu weit.

Auf dem Stadtparkweiher laufen mittlerweile einige Kinder Schlittschuh, teilweise echt gut, teilweise sehr unsicher. Wieder packt mich die Lust darauf, selbst auszuprobieren, ob ich es noch kann. Einem spontanen Impuls folgend ziehe ich mein Handy aus der Tasche und wähle Max' Nummer.

»Eva, schön, dass du anrufst. Wie geht es dir?« Wie immer klingt seine Stimme warm und freundlich.

»Hast du Schlittschuhe?«

Stille am anderen Ende der Leitung. Ich erinnere mich an meine eigentlich gute Erziehung und schiebe ein »Mir geht es gut, und dir?« hinterher.

»Zu deiner ersten Frage, ja, habe ich, aber ich bin seit ewigen Zeiten nicht mehr damit gelaufen. Und, danke, mir geht es auch gut.« Max' Grinsen kann ich sogar durch das Telefon hören.

»Hättest du denn Lust, es mal wieder auszuprobieren?« Ich halte gespannt die Luft an.

Sein resigniertes Seufzen lässt mich einen kurzen Hüpfer machen. »Morgen hätte ich Zeit. Aber erwarte dir nicht zu viel. Es ist wirklich schon ewig her. Wahrscheinlich falle ich die ganze Zeit hin.«

Wir verabreden uns für den nächsten Nachmittag und ich verbringe den restlichen Tag voller Vorfreude darauf.

Pünktlich um zwei stehe ich am nächsten Tag am Stadtparkweiher und warte auf Max. Im Gegensatz zu gestern ist der Himmel heute jedoch mit dicken grauen Wolken verhangen. Trotzdem freue ich mich, als ich Max kommen sehe, ein Paar schwarze Schlittschuhe aus Leder über der Schulter, dick eingepackt in eine schwarze Daunenjacke und einer Wollmütze über den zerzausten Haaren. Seine Augen blitzen, als er mich sieht und seine Lippen verziehen sich zu einem breiten Grinsen.

»Ich hoffe, du weißt, worauf du dich einlässt.«

Sein intensiver Blick jagt mir einen angenehmen Schauer über den Rücken und ich umarme ihn schnell zur Begrüßung, um ihm zu entgehen.

»Bereit?«, frage ich ihn, als ich mich von ihm löse.

Max nickt und setzt sich auf die Parkbank hinter uns. Ich geselle mich zu ihm und wir ziehen beide unsere Schlittschuhe an. Ich habe dieselben wie Max nur in Weiß. Damals wollten alle lieber die Schlittschuhe aus Plastik, die mehr wie Inlineskater ausgesehen haben, aber ich mochte mein Paar, weil ich mich darin immer wie eine Eisprinzessin gefühlt habe.

Als wir schließlich aufstehen, wackeln wir beide erst einmal ein bisschen. Vorsichtig tasten wir uns Schritt für Schritt durch das vom Frost steife Gras bis an den Rand des Weihers. Mit einem letzten tiefen Atemzug setze ich meinen rechten Fuß auf das Eis, dann den linken. Probehalber mache ich einen Schritt nach vorne und weil es klappt und ich nicht sofort hinfalle, mache ich noch einen zweiten. Ich spüre die Aufregung, die sich mit einem Kribbeln in meinem ganzen Körper ausbreitet und drehe mich zu Max um, der ziemlich unsicher auf dem Eis steht.

Um ihm die Unsicherheit zu nehmen, greife ich nach seiner Hand und wage noch zwei Schritte mit Max im Schlepptau. Leider verliert der genau in dem Moment das Gleichgewicht und ehe ich mich versehe landen wir unsanft auf dem Eis.

Max sieht mich verdattert an, so, als wüsste er

nicht, was gerade passiert ist und ich kann nicht anders als laut loszulachen. Max stimmt mit ein und wir sitzen eine Weile lachend auf dem Eis. Irgendwann merke ich aber doch, wie die Kälte sich durch meine Jeans und die Leggins, die ich drunter trage, frisst.

»Neuer Versuch?«, frage ich Max.

»Neuer Versuch.« Er wischt sich eine Lachträne weg, die sich einen Weg über seine Wange gebahnt hat.

Ich drehe mich auf die Knie und stehe langsam auf. Max tut es mir gleich und steht nun etwas sicherer. Diesmal lasse ich ihm die Zeit, die er braucht, um sich an das ungewohnte Gefühl zu gewöhnen. Derweil laufe ich noch ein paar Schritte und merke, wie sich meine Füße wieder daran erinnern, wie es geht.

Max macht neben mir ein paar zögerliche Schritte nach vorne und ich nicke ihm aufmunternd zu. Kurze Zeit später laufen wir nebeneinander her, werden immer sicherer und wackeln weniger herum. Ich traue mich sogar Kurven zu fahren und selbst Max wird immer mutiger. Ich habe ganz vergessen, wie viel Spaß es macht, auf Kufen durch die Gegend zu gleiten.

Der Weiher um uns herum wird immer voller. Kinder, Jugendliche und auch einige Erwachsene drängen aufs Eis und es wird immer schwerer, eine Lücke für uns zu finden.

»Was hältst du von einer Pause?«, frage ich Max.

»Ich halte das für eine sehr gute Idee!«

Wir lächeln uns an und machen uns auf den Weg zurück zu dem Platz, an dem wir unsere Schuhe ausgezogen haben. Dort angekommen hole ich eine dicke Decke aus dem Picknickkorb, den ich heute Vormittag sorgfältig gepackt habe, und breite sie auf der Parkbank aus. Max pfeift anerkennend durch die Zähne, als ich auch noch eine Thermoskanne und mehrere Vorratsdosen aus dem Korb hole.

»Du hast wirklich an alles gedacht.«

Er lässt sich auf die Parkbank fallen und beäugt neugierig die Dosen. Ich setze mich ebenfalls und beginne, sie zu öffnen. Zum Vorschein kommen mit Schafskäse gefüllte Teigröllchen, eingelegte Oliven, geröstete Baguettescheiben, Hummus und als Nachtisch zwei von Rosies Red Velvet Cupcakes mit weißer Cremehaube, die ich heute Morgen noch schnell besorgt habe. Gerne hätte ich noch einen wärmenden Eintopf mitgenommen, aber in Ermangelung an warmhaltenden Verpackungen davon Abstand nehmen müssen. Stattdessen schenke ich uns dampfenden Minztee in zwei Tassen und reiche eine davon Max. Der schüttelt ungläubig den Kopf und nimmt einen großen Schluck.

»Ich hätte nicht gedacht, dass mich noch etwas überraschen kann, aber da habe ich mich wohl geirrt.«

Ich zucke mit den Schultern und grinse. »Greif zu!«

Das lässt er sich nicht zweimal sagen und wir machen uns über unser kleines Buffet her. Ein paar Minuten herrscht gefräßiges Schweigen zwischen uns. Ich beobachte die Leute auf dem Eis. Manche sind wirklich gut, drehen Pirouetten, laufen rückwärts, einige springen sogar in die Luft. Irgendwann sind sämtliche Dosen leer und wir machen uns über Rosies Cupcakes her.

»Eva, du bist echt unglaublich«, sagt Max, als er den letzten Bissen runtergeschluckt hat. »Hast du schon mal drüber nachgedacht, das beruflich zu machen?«

»Was, Picknicks organisieren?« Ich schaue ihn irritiert an. Wieso sollte ich beruflich Picknicks organisieren?

Max schüttelt den Kopf. »Ich meinte Kochen. Du bist echt gut.«

»Nein, ehrlich gesagt habe ich da noch nie dran gedacht.«

Es stimmt. Als ich damals endlich mein Abi in der Tasche hatte, war ich völlig planlos. Ich wusste weder, was ich wollte, noch was ich besonders gut konnte. Das Studium der Sozialpädagogik, das ich halbherzig begonnen habe, habe ich ziemlich schnell aus mangelndem Interesse wieder aufgegeben. Dann habe ich eine Ausbildung als Verkäuferin gemacht und bin schließlich bei Rita im Spielzeugladen gelandet. Die Arbeit dort hat mir eigentlich auch immer gefallen, ich mochte die Kinder und auch die meisten Eltern, die in den Laden kamen.

»Würde dir das denn Spaß machen?«

Ich denke nach. Ich liebe es, in der Küche zu stehen und neue Rezepte auszuprobieren. Meine Mutter hat mir das Kochen schon sehr früh beigebracht. Ich erinnere mich daran, wie ich auf einem Stuhl neben ihr an der Arbeitsplatte stand und zuschaute, wie sie Zutaten in Schüssel, Töpfen und Pfannen zu den köstlichsten Gerichten verarbeitete. Wie stolz ich war, als ich zum ersten Mal selbst ran durfte. Kochen hatte auf mich schon immer eine beruhigende Wirkung. Allerdings weiß ich nicht, ob es das immer noch hätte, wenn ich mein Geld damit verdienen müsste.

»Ich weiß es nicht«, antworte ich ihm wahrheitsgemäß. »Wollen wir noch einen Versuch wagen? Das Eis ist wieder frei.«

Ich will mir heute nicht über meine nicht vorhandenen Zukunftsaussichten den Kopf zerbrechen, sondern den Tag genießen. Zum Glück lässt Max das Thema fallen, steht stattdessen auf und hält mir seine Hand hin, um mich hochzuziehen. Ich lasse es zu und gemeinsam gehen wir wieder zum Eis hinunter. Diesmal klappt es gleich viel besser und kurze Zeit später gleiten wir übers Eis.

Es ist schon dämmrig und bis auf ein paar Hartnäckige sind wir die Einzigen, die noch auf dem Eis sind. Rund um den Weiher tauchen die Straßenlaternen alles in ein warmes orangefarbenes Licht. Der Wind zerzaust meine Haare und ich fühle mich frei. Ich breite meine Arme aus und schließe für einen Moment meine Augen. Etwas Nasses landet plötzlich auf meiner Nase. Erschrocken öffne ich die Augen wieder.

»Max, es schneit!« Ich stoße einen begeisterten Schrei aus. Beim Anblick der dicken Flocken, die immer schneller vom Himmel fallen, spüre ich in mir eine kindliche Freude.

Max kommt angelaufen, nimmt meine Hände und wir vollführen einen kleinen Freudentanz – so gut das eben auf Schlittschuhen geht. Und dann wird mir bewusst, dass ich mich gerade jetzt wirklich wieder wie ein Kind fühle, unbeschwert und glücklich, zum ersten Mal seit Monaten. Die Schneeflocken tanzen im Wind und scheinen im Licht der Straßenlaternen zu glitzern.

Jetzt weiß ich auch, warum Max diesen Punkt auf die Liste geschrieben hat. Ich habe das Gefühl, endlich wieder richtig atmen zu können und meine Sorgen scheinen zumindest für den Moment kleiner geworden zu sein.

9

Das Schneegestöber wird immer dichter. Bald liegt eine dünne Schneedecke auf dem Eis und das Laufen wird zunehmend schwieriger.

»Das Schlittschuhlaufen heute hat - überraschenderweise - echt Spaß gemacht, aber wollen wir es für heute sein lassen bevor wir als Schneemonster enden?«

Ich lache ausgelassen, drehe mich noch einmal im Kreis und folge Max schließlich Richtung Ufer. Dort wechseln wir die Schuhe und machen uns dann auf den Weg.

»Das war wirklich schön. Danke, dass du mitgekommen bist!«

»Ich bin froh, dass du wieder lachen kannst.«

»Tja, das liegt alles an deiner Liste. Zwei Punkte habe ich schon abgehakt.«

Ein warmes Gefühl durchflutet mich. Ob er mir jetzt wohl verrät, warum er mir hilft. Ich hole noch einmal tief Luft, dann frage ich ihn:

»An wen erinnere ich dich?«

Max bleibt abrupt stehen und ich drehe mich zu ihm um. Sein Gesicht verzerrt sich kurz, als ob er Zahnschmerzen hätte. Schließlich seufzt er resigniert.

»An mich.«

Mit jeder Antwort hätte ich gerechnet, aber nicht mit dieser.

»An dich?«

Max nickt und sein Blick schweift kurz in die Ferne, so als ob er den Anfang seiner nächsten Worte suchen würde.

»Ich hatte keine schöne Kindheit. Und ich weiß, das ist keine Entschuldigung, aber es ist die Wahrheit.« Er zuckt mit den Schultern. »Meine Eltern habe ich nie kennengelernt. Meine erste Erinnerung ist die eines muffigen Mehrbettzimmers voller schreiender Kinder. Ich habe es gehasst. Das Heim, in dem ich untergebracht war, war nicht das Beste, wir wurden geschlagen, wenn wir nicht gehört haben, das Essen war mies und niemand hat sich dafür interessiert, wer du warst und was du wolltest.«

Die Bitterkeit in seiner Stimme bei der Erinnerung an diese Zeit schmeckt wie Galle in meinem Mund.

»Trotz allem habe ich Freunde gefunden, die aber bald von Pflegeeltern mitgenommen und adoptiert wurden. Im Gegensatz zu mir. Ich galt als schwer vermittelbar.«

Max schnaubt abfällig und mein Herz zieht sich zusammen aus Mitgefühl für den kleinen Max. Ich würde gerne seine Hand nehmen, habe aber Angst, dass er dann aufhört zu erzählen.

»Als ich 16 war, kamen ein paar Jungs ins

Heim, die wie mich keiner haben wollte. Wir haben uns angefreundet und waren bald eine eingeschworene Gruppe. Das erste Mal im Leben habe ich mich angenommen gefühlt.«

Ich greife nun doch nach seiner Hand, weil ich das Gefühl habe, er braucht das jetzt. Max drückt sie dankbar und redet weiter.

»Wir waren jung und dumm. Dachten, die Welt gehört uns. Eines Tages kam Jonas, der älteste von uns, mit Marihuana an und wir haben uns gefühlt wie die Götter, als wir das Zeug geraucht haben. Aus einem Mal wurden mehrere Male, die Dosis wurde immer höher und wir immer abgehobener.« Er stockt und ich drücke seine Hand. Will, dass er weiß, dass ich da bin.

»Kurz nach meinem 20. Geburtstag hat das Ganze dann seinen Höhepunkt erreicht. Wir waren abends unterwegs, hatten natürlich etwas geraucht und auch getrunken. Irgendwann kamen wir an Bahngleise. Ich weiß nicht mehr, wer die Idee hatte, aber wir haben uns auf die Gleise gelegt, schön nebeneinander und auf einen Zug gewartet.«

Ich halte die Luft an.

»Ich bin der Einzige, der überlebt hat.« Seine Stimme klingt bitter.

»Wie hast du…ich meine, wie…« Ich stammle

vor mich hin, weil ich nicht weiß, was ich sagen soll.

»Josef.« Auf einmal wird seine Stimme wieder weicher. »Ein alter Bahnwärter. Er hat mir das Leben gerettet. Kam gerade im richtigen Augenblick, weil er seinen Geldbeutel im Wärterhäuschen vergessen hatte. Meine Freunde hatten nicht so viel Glück. Obwohl Josef sofort die Sanitäter gerufen hat, kam für sie jede Hilfe zu spät.«

Ich höre den Schmerz aus seinen Worten, den die Erinnerung an seine Freunde auslöst und diesmal bin ich es, die ihm helfen will. Nur habe ich leider keine Ahnung, wie.

»Josef hat mich mit zu sich genommen und mir geholfen, mein Leben wieder in den Griff zu bekommen. Ein knappes Jahr später hatte ich einen Ausbildungsplatz und einen Vater.«

Eine Träne löst sich aus meinem Augenwinkel und rollt langsam meine Wange hinunter. Ich freue mich für Max, dass er es geschafft hat - trotz seiner Vergangenheit. Und ich höre die Liebe zu dem alten Bahnhofswärter deutlich aus seinen Worten.

»Rosie hat Recht«, sage ich.

Max sieht mich fragend an.

»Du bist einer von den Guten.«

Er schüttelt den Kopf. »Ich bin einfach nur

dankbar, dass ich noch am Leben bin. Und wenn ich auch nur einem anderen Menschen so helfen kann, wie Josef mir geholfen hat, macht das den Tod meiner Freunde zwar nicht ungeschehen, aber dennoch erträglicher.« Er bleibt stehen und sieht mich traurig an. »Es tut mir leid, dass ich nicht dem Bild eines Ritters in schimmernder Rüstung entspreche.«

»Hör sofort auf damit!« Max zuckt zusammen. Ich bin selbst überrascht wie kräftig und bestimmend meine Stimme klingt. »Mach dich nicht kleiner als du bist. Du bist ein großartiger Mensch. Keine Ahnung, wo ich wäre, wenn du nicht aufgetaucht wärst. Du kannst die Zeit nicht zurückdrehen und die Vergangenheit ungeschehen machen, aber was auch immer genau in dieser Nacht geschehen ist, es ist nicht deine Schuld. Ihr wart alle erwachsen. Egal, welche Fehler du vielleicht irgendwann einmal gemacht hast, was zählt ist, was du jetzt machst!«

Ich habe mich richtig in Rage geredet, weil ich nicht verstehen kann, warum Max nicht sieht, was ich sehe.

»Bist du fertig?«, fragt er schließlich mit einem leichten Lächeln.

Ich nicke.

»Danke.«

Und dann, einfach so, überbrücke ich den Abstand zwischen uns und nehme ihn in den Arm. Max lässt sich in die Umarmung fallen und wir halten uns aneinander fest. Es schneit immer noch wie verrückt, die Kälte kriecht langsam aber sicher unter meinen Wintermantel, aber all das stört mich nicht, weil sich dieser Moment richtig anfühlt.

Nach einer kleinen Ewigkeit lösen wir uns voneinander. Ich nehme den Korb, den ich einfach fallen gelassen habe und wir laufen schweigend weiter, meine Hand wie selbstverständlich in seiner. Max begleitet mich bis nach Hause, wo wir uns verabschieden und ich ihm noch hinterherschaue, bis er in der Dunkelheit verschwunden ist.

10

Am nächsten Morgen reißt mich das Klingeln meines Telefons aus dem Schlaf. Verschlafen nehme ich den Anruf an.

»Guten Morgen, Schlafmütze.«

Ich brummle etwas ins Telefon und Max lacht am anderen Ende der Leitung. Wer ruft denn bitte um diese Uhrzeit an? Ich taste nach meiner Armbanduhr, die neben dem Bett auf dem Nachtkästchen liegt.

»Oh mein Gott!«

Es ist bereits nach elf.

»Du kannst mich auch Max nennen«, kommt es trocken aus dem Hörer.

Ich rolle mit den Augen und versuche mich aus der Bettdecke zu befreien, die ich heute Nacht um mich gewickelt habe, weil mir kalt war.

»Hast du heute Abend schon etwas vor? Ich dachte, wir könnten noch einen Punkt deiner Liste abhaken.«

Ich halte einen Moment inne, gespannt, um welchen Punkt es sich wohl handelt. »Ich habe Zeit. Was machen wir denn?«

»Das wird eine Überraschung. Ich hol dich um halb sieben ab.«

»Warte mal, du kannst mich doch nicht so in der Luft hängen lassen.«

Max lacht.

»Ich weiß ja nicht mal, was ich anziehen soll. Ist es draußen oder drinnen?«

»Es ist drinnen und du kannst dich ruhig etwas schicker machen.«

Jetzt bin ich wirklich neugierig.

»Bis heute Abend dann.« Und mit diesen Worten legt er einfach auf.

Ich könnte schreien. Was hat Max nur mit mir vor? Welchen Punkt auf der Liste können wir heute Abend abhaken? Und warum soll ich mich schick machen? Fragen über Fragen.

Ich beschließe, erst einmal zu frühstücken. Auf dem Weg nach unten schlüpfe ich in meinen flauschigen Bademantel und binde meine Haare zu einem Dutt zusammen. In der Küche koche ich mir einen Tee. Rooibos mit Zimt und Orange.

Den gestrigen Vormittag habe ich dafür genutzt, endlich meine Vorräte aufzufüllen, sodass ich mir zum Frühstück ein Joghurt mit Haferflocken, Zimt und Apfelstücken machen kann. Das perfekte Winterfrühstück.

Ich lasse es mir schmecken, während ich durch eine der Kochzeitschriften blättere, die ich mir gestern ebenfalls mitgenommen habe und überlege, wann ich aufgehört habe zu kochen.

In der Anfangszeit mit Timo habe ich jeden

Tag ein frisches Essen zubereitet. Irgendwann hat er dann angefangen zu meckern, weil ich so viel Zeit in der Küche statt mit ihm verbracht habe. Und um ihn nicht zu verlieren, habe ich das Kochen nach und nach aufgegeben und nur noch hin und wieder einfache Gerichte gemacht. Ich schüttle den Kopf über mich selbst. Leider ist das Kochen nicht das Einzige, das ich für einen Mann aufgegeben habe.

Ich denke an meinen ersten Freund zurück. Er mochte es nicht, wenn ich geschminkt war, also habe ich es bleiben lassen, um ihm zu gefallen. Zwar habe ich mir dann selbst nicht mehr gefallen, aber die Angst, er könnte mich deswegen verlassen, saß einfach zu tief.

Mein zweiter Freund war der totale Fußballfan. Jedes Wochenende wollte er sich irgendein Spiel anschauen und ich musste jedes Mal mit, weil er mich unbedingt dabei haben wollte. Ich kann mit Fußball allerdings gar nichts anfangen, weder damit, es mir anzuschauen noch es selbst zu spielen. Ihm zuliebe bin ich trotzdem zu jedem einzelnen Spiel mit, habe mich dort zu Tode gelangweilt, im Winter gefroren, im Sommer geschwitzt und trotzdem habe ich nie den Mut gehabt, ihm zu sagen, dass ich nicht mehr mitkommen möchte.

Rückblickend gesehen zieht sich dieses Muster durch sämtliche Beziehungen, die ich in meinem Leben bisher geführt habe. Entweder habe ich dem jeweiligen Mann zuliebe etwas aufgegeben oder etwas gemacht, das ich eigentlich gar nicht wollte. Stück für Stück habe ich dadurch über die Jahre mich selbst verloren.

Als mir das klar wird, fange ich an zu weinen. Ich bin 28 Jahre alt und weiß nicht, wer ich bin und was ich will. Ich versinke im Selbstmitleid, bis mein Blick auf die Liste fällt, die ich mit einem Magneten am Kühlschrank festgemacht habe. Plötzlich fallen mir Max' Worte bei unserer ersten Begegnung ein.

»Sie sind eine attraktive, junge Frau und Sie haben Feuer. Nutzen Sie die Chance, die Ihnen Ihr Ex geschenkt hat und fangen Sie von vorne an. Es ist nie zu spät!«

Ist das nicht fast dasselbe, was ich gestern zu ihm gesagt habe? Egal, was in der Vergangenheit war, was zählt ist, was man aus seiner Zukunft macht. Und auf einmal erkenne ich die Chance, von der Max gesprochen hat. Die Chance, mich – endlich - selbst zu finden und die zu sein, die ich immer schon sein wollte.

Ein warmes Gefühl durchströmt mich und ein Lächeln breitet sich auf meinem Gesicht aus, ohne dass ich etwas dagegen tun könnte. Ich wische die Tränen weg, räume mein Frühstücksgeschirr in die Spülmaschine und gehe ins Bad.

Dort lasse ich mir ein Bad in meiner kleinen freistehenden Badewanne ein, in die ich gar nicht in voller Länge hineinpasse. Meine Beine hängen immer ein Stück heraus, aber ich bin trotzdem froh, den Luxus einer Badewanne genießen zu dürfen. Ich gebe ein nach Schokolade riechendes Badesalz ins Wasser und sofort breitet sich der warme Duft im ganzen Bad aus. Dann schlüpfe ich aus dem Bademantel und meinem Schlafanzug und steige in die Wanne. Der weiche Schaum umhüllt mich und ich seufze zufrieden. Als Kind habe ich mir beim Baden immer vorgestellt, ich liege auf einer Wolke. Beim Gedanken daran muss ich grinsen.

Eine halbe Stunde später stehe ich vor meinem Kleiderschrank und überlege, was ich heute Abend anziehen könnte. Ich probiere einen schwarzen knielangen Rock mit einer weißen Bluse, finde aber den Kontrast zu hart und hänge beide Teile in den Schrank zurück. Auch ein dunkelrotes Strickkleid, eine schwarze Zigarettenhose und ein petrolfarbenes Top können mich nicht überzeugen und landen wieder im Schrank.

Dann fällt mein Blick auf das Kleid meiner

Mutter, das ich aufgehoben habe. Von der Größe her könnte es mir passen, also warum nicht?

Ich schlüpfe hinein. Es sitzt wie angegossen. Ich schaue in den Spiegel und sehe meine Mutter. Die Ähnlichkeit haut mich fast um. Das Kleid ist schwarz, knielang und mit Spitze überzogen. Die langen Ärmel bestehen komplett aus schwarzer Spitze und der Herzausschnitt zaubert ein atemberaubendes Dekolleté. Ab der Taille wird der Schnitt etwas weiter und umschmeichelt sanft meine Beine. Dieses Kleid werde ich heute Abend tragen.

11

Pünktlich um halb sieben klingelt es an der Haustür. Ich sehe noch einmal prüfend in den Spiegel. Meine Haare habe ich mit einem Lockenstab in Form gebracht und halb hochgesteckt, so dass einzelne Strähnen mein Gesicht umrahmen. Dazu trage ich lange silberne Ohrhänger und zum ersten Mal seit elf Jahren wieder Makeup. Zuerst habe ich mich etwas angestellt mit dem Kajal, aber jetzt bin ich mit dem Ergebnis mehr als zufrieden. Meine Augen sind dunkel umrandet, meine Wimpern getuscht und meine Lippen in ein tiefes, dunkles Rot getaucht. Ich schenke meinem Spiegelbild noch ein Lächeln, dann öffne ich die Tür.

»Hi, bist du...wow!« Max steht da und mustert mich, als sähe er mich heute zum ersten Mal. Ich lächle ihn an.

»Wollen wir?«

»Wer sind Sie und was haben Sie mit Eva gemacht?«

»Haha.« Ich gebe ihm einen leichten Klaps auf die Schulter. »Hast du dich satt gesehen? Du hast doch gesagt, ich soll mich schick machen.«

»Du siehst bezaubernd aus.« Er hat sich wieder gefangen und hält mir seinen Arm hin. »Darf ich bitten, Mademoiselle?«

Ich deute einen Knicks an, schnappe mir meinen Mantel von der Garderobe und schlüpfe hinein. Dann hänge ich mich in Max' Arm ein und schließe die Tür hinter mir.

»Auf einen schönen Abend, Monsieur.«

Vor dem Gartentor steht ein alter VW Golf, zu dem Max mich jetzt führt. Ich bin froh darüber, denn ich trage hohe schwarze Pumps, in denen ich eigentlich nicht laufen kann. Der Schnee erschwert die ganze Sache zusätzlich. Max öffnet mir die Beifahrertür und hilft mir ganz gentlemanlike beim Einsteigen. Dann geht er zur Fahrerseite und steigt ebenfalls ein.

»Verrätst du mir jetzt, wo wir hingehen?«

»Alles zu seiner Zeit«, sagt er geheimnisvoll und startet den Motor.

Ich nutze die Fahrt, um ihn mir genauer anzusehen. Auch er hat sich herausgeputzt. Statt der üblichen Jeans und einem einfachen Shirt trägt er heute einen schwarzen Anzug mit einem schwarzen Hemd und einer weißen Krawatte. Seine Haare, die sonst wild in alle Richtungen abstehen, hat er mit etwas Gel gebändigt. Rein objektiv betrachtet sieht er wirklich gut aus.

»Wir sind da«, sagt er plötzlich und wirkt auf einmal nervös.

Ich schaue mich um. Weil ich so fixiert auf Max war, habe ich gar nicht mitbekommen, wohin wir gefahren sind. Dann erkenne ich den Parkplatz des Stadttheaters.

Max steigt aus, kommt um den Wagen herum und hilft mir beim Aussteigen. Er legt seine Hand auf meinen unteren Rücken und obwohl ich einen dicken Mantel anhabe, spüre ich die Berührung in meinem ganzen Körper. Gemeinsam laufen wir zum Eingang, langsam, damit ich nicht hinfalle.

»Ich hoffe, du magst Theater.« Seine Unsicherheit ist deutlich aus seiner Stimme heraus zu hören.

»Oh ja, sehr sogar.« Das ist nicht gelogen. Ich hatte als Schülerin sogar das vergünstigte Abo. »Früher war ich regelmäßig hier. Welches Stück schauen wir uns an?«

Max atmet hörbar erleichtert aus. »Ich dachte mir, wir versuchen, dich ein bisschen in weihnachtliche Stimmung zu versetzen und deswegen sehen wir uns…« Er macht eine kurze Pause. »Charles Dickens' Weihnachtsgeschichte an. Natürlich im Original.«

Ich kann ihn nur fassungslos anstarren. Wieder habe ich das Gefühl, als würde er mich schon ewig kennen. Ich liebe die Weihnachtsgeschichte von Charles Dickens, habe das Buch sowohl auf Deutsch als später auch auf Englisch gelesen.

»Was ist los? Geht es dir gut?« Max sieht mich besorgt an.

»Es geht mir hervorragend. Die Stückauswahl ist perfekt!« Ich strahle ihn an und Max sieht sehr zufrieden mit sich aus. Wir gehen zu den Garderoben, wo Max mir aus dem Mantel hilft und ihn zusammen mit seiner Jacke abgibt. Dann gehen wir durchs Foyer in den Zuschauerraum, wo wir uns auf unsere Plätze setzen. Max hat Karten relativ weit vorne besorgt.

Ich lasse meinen Blick schweifen. Das Theater ist ganz in Rot- und Goldtönen gehalten. Über uns hängt ein riesiger Kronleuchter, den ich als Kind wahnsinnig beeindruckend fand. Außer dem Parkett, wo wir sitzen, gibt es noch zwei weitere Ränge. Das Theater ist heute Abend gut besucht. Viele Leute haben sich schick gemacht, einige sind aber auch in Jeans und Pullover hier. Genau das ist es, was ich an unserem Stadttheater so mag. Es ist für jeden, nicht nur für die oberen Zehntausend. Und das sieht man dem Publikum auch an. Da ist nichts gekünstelt, niemand unwillkommen.

Ich nehme Max' Hand und drücke sie. Dankbar, dass ich mal wieder ins Theater gekommen bin. Auch eine der Sachen, auf die ich wegen Timo verzichtet habe. Er konnte mit Theater einfach nichts anfangen.

Max lächelt vor sich hin und dann geht auch schon das Licht aus. Augenblicklich wird es still. Der Samtvorhang wird aufgezogen und das Stück beginnt. Gebannt schaue ich dem Geschehen auf der Bühne zu, lasse mich in die Geschichte ziehen. Ich reise mit Ebenezer Scrooge in seine Vergangenheit, sehe mir seine Gegenwart an und leide mit ihm in seiner Zukunft. Wie immer, verdrücke ich auch diesmal ein paar Tränen, als der alte Scrooge am Ende endlich - geläutert durch die drei Geister - zur Besinnung kommt und den wahren Geist der Weihnacht erkennt.

Applaus brandet auf und die Schauspieler verbeugen sich. Ich klatsche begeistert mit und auch Max neben mir ist sichtlich berührt. Die ersten Leute stehen schon auf, eine Angewohnheit, über die ich jedes Mal den Kopf schütteln könnte. Zum Glück bleibt Max mit mir sitzen bis der Vorhang zum letzten Mal fällt und das Licht wieder vollständig angeht.

An der Garderobe ist die Hölle los, aber das stört mich nicht. Nach einem guten Theaterstück brauche ich sowieso immer erst eine gewisse Zeit bis ich vollkommen zurück in der Realität ankomme. Max lässt mir diese Zeit und stellt sich in der Schlange an. Nach ein paar Minuten steht er wieder vor mir.

»Bereit?«

Ich nicke. Er hilft mir in den Mantel und kurze Zeit später auch ins Auto.

»Das war ein sehr schöner Abend«, sage ich, als wir in die Straße abbiegen, in der ich wohne.

»Es freut mich, dass es dir gefallen hat.« Er sieht mich von der Seite an. »Kannst du jetzt einen weiteren Punkt auf der Liste abhaken?«

Ich überlege kurz. »Ich vermisse meine Mutter. Jeden einzelnen Tag, der ohne sie vergeht, fühlt sich an wie ein Messerstich und der Gedanke, Weihnachten ohne sie verbringen zu müssen, ist schrecklich.«

»Ich weiß, was du meinst.«

Überrascht schaue ich Max an. »Ach ja?«

Max nickt nur schweigend und lässt den Motor wieder an.

»Wohin fahren wir?«

»Ich möchte dir etwas zeigen.«

Ein paar Minuten später halten wir vor dem Friedhof. Ich frage mich wirklich, was wir jetzt hier mitten in der Nacht auf dem Friedhof wollen. In unserem Aufzug. Max steigt aus und ich tue es ihm gleich, obwohl mir etwas mulmig bei der Sache ist. Darf man um diese Uhrzeit überhaupt noch auf das Friedhofsgelände? Dennoch folge ich Max, auch wenn sich das in meinen Schuhen als echte Herausforderung gestaltet.

Er schreitet zügig durch den kleinen Seiteneingang, vorbei an den ersten Gräbern. Auf dem Friedhof ist es dunkel, nur der Mond taucht alles in ein unwirklich schimmerndes Licht. Irgendwann bleibt Max stehen und ich renne ihn fast um, weil ich so sehr aufgepasst habe, nicht hinzufallen.

»Wir sind da.«

Max' Stimme bebt.

Ich gehe näher an den Grabstein, damit ich die Inschrift in der Dunkelheit lesen kann.

»Hier ruht in Frieden Josef Angerer
1939-2016«

»War das…?«

»Mein Vater, ja.«

»Oh Max, das tut mir so leid.«

Tränen laufen über seine Wange und ich schlinge meine Arme um ihn. Wie gerne würde ich ihm etwas von seiner Trauer abnehmen. Stattdessen prasseln die Erinnerungen an meine Mutter auf mich ein und schnüren mir fast die Luft ab. Ich kralle mich an Max' Jacke fest und weine mit ihm. Um seinen Verlust und um meinen. Eine Weile stehen wir so da, bis Max irgendwann seinen Kopf von meiner Schulter nimmt, sich zurücklehnt und mich ansieht.

»Es ist okay zu trauern. Solange die Trauer und der Schmerz nicht über dein Leben bestimmen. Deine Mutter wird immer ein Teil von dir sein, genauso wie Josef immer ein Teil von mir sein wird.«

Ich nicke nur, weil ich Angst habe, dass meine Stimme versagt.

»Wenn du weinen musst, dann weine. Wenn du schreien musst, dann schreie. Aber dann lebe dein Leben weiter. Auch wenn es manchmal schwierig ist, es ist dein Leben und du hast nur dieses eine.«

Er zieht mich zurück in seine Arme und streicht mir beruhigend über den Rücken. Ich fange an zu zittern, teilweise wegen der Kälte, teilweise wegen den Gefühlen, die durch meinen Körper fließen.

»Wollen wir zurück zum Auto, bevor du mir hier noch festfrierst?« Max schmunzelt und wischt sich die letzten Tränen aus dem Gesicht.

Ich nicke. Es ist wirklich saukalt. Jeder, der schon mal in einer Dezembernacht in einem kurzen Kleid und Pumps im Schnee auf dem Friedhof stand, wird mir da beipflichten.

Ich spüre meine Füße kaum noch und mache einen wackeligen Schritt in Richtung des Weges. Doch bevor ich weitergehen kann, hebt Max mich in einer schwungvollen Bewegung hoch, was mir einen lauten Schrei entlockt und fängt an, sich mit mir im Arm zum Ausgang zu bewegen. Zuerst protestiere ich, aber Max hält mich fest und schließlich lasse ich es zu. Ich versuche, mich so leicht wie möglich zu machen, obwohl ich natürlich weiß, dass das Quatsch ist.

Im Auto dreht Max die Heizung voll auf, doch so richtig warm wird mir nicht. Erst als wir vor meinem Haus zum Stehen kommen, beginnen meine Füße aufzutauen. Max lässt es sich nicht nehmen, mich auch noch die paar Schritte bis zur Haustür zu tragen.

»Gute Nacht, Eva.« Er küsst mich auf die Wange.

»Gute Nacht.« Ich küsse ihn ebenfalls auf die Wange. »Und danke.«

Max lächelt noch einmal, dann dreht er sich um, geht zu seinem Auto zurück und fährt los.

Ich gehe ins Haus, wo ich nach einer heißen Dusche in mein Bett gekuschelt sofort einschlafe.

12

Am nächsten Tag statte ich Rosie einen Besuch ab. Ich glaube, ihre Backwaren machen süchtig. Heute gönne ich mir einen Schokoladen Cupcake mit Frischkäsetopping, aus dem zwei kleine rote Beinchen aus Marshmallows herausragen. *Snow Diving Santa* hat Rosie ihn getauft und er schmeckt hervorragend.

»Wie geht es dir, Honey?«, will Rosie wissen, nachdem ich den Cupcake aufgegessen habe.

»Es geht mir gut.«

Und das tut es tatsächlich. Ich habe nicht mehr das Gefühl, dass meine Brust bei jedem Atemzug enger wird, an Timo habe ich heute nur ein einziges Mal gedacht und der Gedanke, Weihnachten ohne meine Mutter zu feiern ist nach dem gestrigen Abend nicht mehr ganz so schlimm wie vorher.

»Das freut mich für dich. Wie geht es Max? Er hat sich schon lange nicht mehr blicken lassen.«

»Wir waren gestern zusammen im Theater.«

Beim Gedanken daran wird mir ganz warm und ich habe das Gefühl, mein Gesicht ist knallrot. Rosie lächelt wissend, sagt aber nichts dazu.

»Was habt ihr euch angeschaut?«

»Charles Dickens' *Weihnachtsgeschichte*.«

»Oh, wonderful! Ich liebe es. Kennst du die Verfilmung mit Bill Murray? I love him!«

Ich kann Rosies Begeisterung nur teilen, *Die Geister, die ich rief* gehört ebenso zu meinem Repertoire an Weihnachtsfilmen wie *Ist das Leben nicht schön?* und *Tatsächlich Liebe*. Vielleicht komme ich ja doch noch in weihnachtliche Stimmung. Als ich das Café verlasse, summe ich jedenfalls die Melodie von *Deck The Halls* vor mich hin.

Auf dem Weg durch die Stadt zurück nach Hause komme ich an einem Einrichtungshaus vorbei und gehe spontan hinein. Mein Zuhause wartet schließlich noch auf ein paar persönliche Details. Drinnen empfängt mich der vorweihnachtliche Wahnsinn. Kugeln, Kerzenhalter, Tannenzweige aus Plastik, Dekoschnee und Christbaumschmuck. Gestresste Leute, die durch den Laden hetzen auf der Suche nach Geschenken. Verkäufer, die nicht wissen, wo ihnen der Kopf steht.

Bis vor einer Woche habe ich noch dazu gehört, aber wenn ich mir das Bild hier so anschaue, bin ich froh über die – wenn auch unvorhergesehene und nicht ganz freiwillige – Möglichkeit, die Vorweihnachtszeit dieses Jahr ohne Stress und Verpflichtungen zu verbringen.

Statt also rückwärts den Laden wieder zu verlassen, kämpfe ich mich durch bis zur Abteilung, in der Wohnaccessoires verkauft werden. Ich streife durch die Gänge und lasse mich inspirieren. Zum ersten Mal in meinem Leben kann ich selbst entscheiden, wie mein Zuhause aussehen soll. Da ist niemand, der sagt »Willst du wirklich diese scheußliche graue Decke fürs Wohnzimmer?« oder »So ein besticktes Kissen kommt mir nicht in die Wohnung. Was sollen denn meine Kumpels denken?«. Ich genieße es, alles anzuschauen, zu befühlen und mir vorzustellen, wie es bei mir daheim wohl aussieht.

Nach gut zwei Stunden stehe ich mit zwei dunkelblauen, goldbestickten Kissen, einer grauen Kuscheldecke, Teelichtgläschen, einer flachen Schale aus dunkelblauem Glas und ein paar silbernen Kugeln an der Kasse.

Zuhause lege ich die Kissen und die Decke auf mein Sofa und stelle überall im Wohnzimmer die Teelichtgläschen auf. Die silbernen Kugeln arrangiere ich zusammen mit ein paar Tannenzweigen aus dem Garten in der blauen Glasschale und stelle sie auf den Couchtisch. Es ist zwar nur eine kleine Veränderung, aber es ist ein Anfang.

Als nächstes gehe ich Zimmer für Zimmer durch und mache mir Notizen, was ich darin jeweils ändern möchte. Einige Dinge lassen sich leicht realisieren wie der Austausch von Vorhängen oder Lampenschirmen, andere bedürfen einer genaueren Planung wie das Tapezieren und Streichen einiger Wände.

Außerdem brauche ich dafür Geld und das heißt, als erstes muss ich mir einen neuen Job suchen. Ich setze mich also mit meinem Laptop aufs Sofa und suche nach Stellenanzeigen. Anscheinend bin ich nicht die einzige, die derzeit eine Stelle sucht. Auch nach einer Stunde habe ich nicht einen einzigen Job gefunden, der für mich infrage kommen würde. Und das liegt keineswegs daran, dass ich zu hohe Ansprüche hätte. Der Markt ist schlicht und einfach übersättigt. Die meisten Läden, egal ob größere Ketten oder inhabergeführte Geschäfte suchen wenn überhaupt Verkäufer in Teilzeit, doch dann würde mir das Geld trotzdem hinten und vorne nicht reichen.

Ich beschließe, einfach ein paar Initiativbewerbungen an die größeren Supermärkte und Discounter zu schicken. Zwar kann ich mir nicht vorstellen, mein restliches Leben an einer Supermarktkasse zu verbringen, aber wenn ich erst einmal wieder einen Job und damit ein sicheres Einkommen habe, kann ich mich immer noch nach einem anderen Job umschauen.

Zwanzig Minuten später drucke ich fünf Bewerbungen und Lebensläufe aus. Und weil ich gerade dabei und top motiviert bin, gehe ich los, um Bewerbungsfotos machen zu lassen. Ich habe Glück. Das Fotostudio in der Innenstadt hat noch geöffnet und kann mich schnell dazwischen schieben.

Dann kaufe ich gleich noch Bewerbungsmappen und mache die Bewerbungen fertig. Zum Schluss muss ich rennen, damit ich es noch zur Post schaffe, bevor sie schließt. Der Mann hinter dem Schalter freut sich zwar nicht gerade, mich zu sehen, aber er nimmt die fünf Briefe an und ich atme erleichtert aus. Wieder eine Sache geschafft.

Jetzt muss ich nur noch die Daumen drücken, dass es wenigstens mit einem der Jobs klappt.

13

Die erste Absage bekomme ich schon am nächsten Tag per Email. Es täte ihnen Leid, aber sie hätten aktuell keinen Bedarf. Bleiben noch vier.

Um mich abzulenken, fahre ich mit dem Bus zum Baumarkt. Ein paar nicht allzu teure Dinge besorgen, mit denen ich anfangen kann. Ich kaufe einen Eimer Wandfarbe in einem zarten Himmelblau und einen in einem hellen Beige, ein Streichset bestehend aus Pinseln, Farbrollern und Abdeckfolie, außerdem ein Paket Fliesensticker in Form von Muscheln.

Auf dem Weg zurück nach Hause klingelt mein Handy. Es ist zwar eine logistische Meisterleistung mit den beiden Farbeimern und einer großen Tüte, die ich in dem schaukelnden Bus irgendwie an Ort und Stelle halten muss, aber irgendwie schaffe ich es, ranzugehen.

»Hi, hier ist Max. Hast du heute Abend Lust auf Weihnachtsmarkt? Wir könnten noch einen Versuch starten. So um fünf?«

»Heute ist es schlecht. Ich war gerade im Baumarkt und möchte heute das Projekt *Evas neues Haus* starten. Wie wäre es morgen Abend?«

Max lacht. »Wow. Ich bin echt stolz auf dich! Bei so viel Arbeitseifer will ich dich natürlich nicht aufhalten. Dann sehen wir uns morgen.«

Wir verabschieden uns und ich kann gerade noch mein Handy zurück in meine Tasche packen, bevor der Bus meine Haltestelle erreicht.

Zuhause beginne ich gleich damit, alles fürs Streichen vorzubereiten. Die Stühle und den Tisch aus der Küche stelle ich übergangweise ins Wohnzimmer und breite die Abdeckfolie auf dem Boden, der Arbeitsplatte und den Schränken aus. Dann öffne ich den Eimer mit der beigen Farbe und rühre sie mit dem gekauften Farbmischstab gut um.

Gerade als ich den Farbroller an der Wand ansetze, klingelt es an der Tür. Davor steht Rosie, in der einen Hand einen Farbroller, in der anderen einen Karton aus ihrem Laden.

»Rosie, was machst du denn hier?«

Ich bin ehrlich überrascht sie zu sehen.

»Max hat gesagt, du willst streichen. Ich dachte, ich komme vorbei und helfe dir.«

Ich starre sie an. »Aber, warum?«

»Honey«, sie spricht langsam, als ob ich Schwierigkeiten hätte sie zu verstehen, »you're a friend. Und wenn Freunde Hilfe brauchen, helfe ich.«

Mit diesen Worten drängt sie sich an mir vorbei ins Haus. Ungläubig schließe ich die Tür hinter ihr und folge Rosie durchs Wohnzimmer in die Küche. Unterwegs stellt Rosie den Karton auf dem Küchentisch ab und zieht ihre Jacke aus.

»Beautiful color«, quittiert sie meine Farbwahl.

Ich stehe immer noch etwas verdattert da und Rosie sieht mich erwartungsvoll an. Ich räuspere mich. »Tja, dann fangen wir an, oder?«

Rosie lacht und taucht ihren Farbroller in die Farbe. In der nächsten Stunde arbeiten wir uns Stück für Stück durch die Küche. Das Beige sieht an der Wand noch besser aus als im Eimer und ich bin mit dem Ergebnis mehr als zufrieden.

»Pause«, ruft Rosie irgendwann und schnauft, als hätte sie einen Marathon hinter sich.

Sie holt den Karton aus dem Wohnzimmer und hält sie mir unter die Nase. Zum Vorschein kommen ein Stück Schokoladenkuchen, gefüllt und überzogen mit einer dunklen Schokoladencreme und Kekse in Form von nackten Weihnachtsmännern mit Sixpack. Nach Rosies Schürze schockt mich allerdings so schnell nichts mehr.

»Chocolate Fudge Cake und *Naked Santas*«, erklärt Rosie und nimmt sich einen Keks. »Der Kuchen ist für dich. Ich hatte noch ein Stück übrig von gestern.«

Ich bedanke mich und hole mir eine Gabel.

106

»Rosie, der ist oberlecker!«, rufe ich, als ich den ersten Bissen runtergeschluckt habe.

»Danke, Honey.«

Sie grinst und nimmt sich noch einen Keks.

»Wie geht's jetzt weiter?«

Ich schaue mich um. Die Küche ist fast fertig. Einzig die Decke fehlt noch.

»Ich würde gerne noch die Decke streichen und dann mit dem Schlafzimmer weiter machen. Du musst aber nicht mehr weiter streichen.«

Ich will nicht, dass Rosie denkt, sie muss mir helfen. Sie sieht ziemlich geschafft aus. Trotzdem rollt sie jetzt mit den Augen.

»Zeig mir das Schlafzimmer. Ich kann dort schon mal anfangen, während du die Decke machst.«

Sie folgt mir hinauf in den ersten Stock. Mit vereinten Kräften schieben wir das Bett und den Schrank in die Mitte des Zimmers und tragen die Matratze mitsamt dem Bettzeug in mein altes Kinderzimmer nebenan. Nachdem wir auch das Schlafzimmer mit Folie ausgelegt haben, beginnt Rosie die Wand in Himmelblau zu streichen, während ich unten die Küchendecke fertig mache.

Zweieinhalb Stunden später ist meine Küche Beige, mein Schlafzimmer Himmelblau und ich glücklich. Rosie ruht sich im Wohnzimmer aus und ich entferne die Folie aus beiden Zimmern.

»Ich bin gleich wieder da«, sage ich an Rosie gewandt, »ich bring die Folie gleich nach draußen in den Müll.«

Als ich die Tür öffne, stoße ich fast mit Max zusammen, der gerade die Hand an der Klingel hat.

»Hey, was machst du denn hier?«

»Ich dachte mir, ich schaue nach der Arbeit mal bei dir vorbei.«

»Komm rein. Rosie ist auch da.«

»Rosie?«

»Ja, sie stand auf einmal vor der Tür und wollte mir helfen.«

Max grinst. »Das hört sich nach ihr an.«

»Ich bin gleich wieder da. Du kennst dich ja aus.«

Max geht hinein, ich werfe schnell die Folie in die Tonne und folge ihm. Ungläubig schüttle ich den Kopf. Hätte mir vor einem Monat jemand von diesem Tag erzählt, ich hätte ihm einen Vogel gezeigt. Und jetzt sitzen in meinem Wohnzimmer zwei Menschen, die mein Leben von heute auf morgen komplett verändert haben und plaudern angeregt miteinander.

»Wie sieht's aus, habt ihr Hunger?«, frage ich

die beiden in einer Gesprächspause.

»Eva ist eine begnadete Köchin«, sagt Max an Rosie gewandt.

»Naja, es geht.« Ich schaue verlegen zu Boden. »So gut bin ich nun auch wieder nicht.«

»Mach dich nicht kleiner als du bist. Erinnerst du dich?«

Max zwinkert mir zu und ich werde rot. Eine Sekunde schauen wir uns direkt in die Augen und mir wird heiß. Rosie schaut von einem zum anderen.

»Also ich hätte Hunger.«

Der Satz holt mich zurück in die Realität und ich breche den Blickkontakt ab.

14

»Ich könnte Chili machen«, schlage ich vor und vermeide es dabei, Max anzusehen, »allerdings habe ich kein Hackfleisch, sondern nur Kichererbsen.«

Max und Rosie sind einverstanden und ich ziehe mich in die Küche zurück. Das Angebot, mir in der Küche zu helfen, lehne ich dankend ab. Die beiden sollen sich lieber weiter unterhalten. Ich schneide Zwiebeln und Knoblauch, dünste sie in Olivenöl glasig und gebe passierte Tomaten, Kichererbsen, Bohnen und Mais dazu.

Während das Chili vor sich hin köchelt, knete ich einen schnellen Fladenbrotteig aus Mehl, Wasser, Öl und Salz und schiebe die Fladen in den Ofen. Dann schmecke ich das Chili mit Salz, Pfeffer, Kreuzkümmel, Paprika und verschiedenen Kräutern ab. Zum Schluss rasple ich noch etwas Zartbitterschokolade hinein, um den Geschmack abzurunden. Ein Tipp, den mir meine Mutter einmal gegeben hat.

Der verführerische Duft nach Knoblauch, Gewürzen und frischem Brot lockt schließlich Max und Rosie in die Küche.

»Honey, wenn es auch nur halb so gut schmeckt wie es riecht, dann bin ich schon glücklich.«

Rosie schaut mir über die Schultern und

nimmt einen tiefen Atemzug. Ich richte das Chili auf drei Tellern mit etwas Sauerrahm und den Fladen an. Max holt derweil Besteck aus dem Schrank. Gemeinsam tragen wir alles ins Wohnzimmer. Aus dem Keller befördere ich noch zwei Flaschen Wein zutage, die meine Mutter zu ihrem letzten Geburtstag bekommen hat.

»Lasst es euch schmecken«, sage ich, als wir alle am Tisch sitzen.

Es ist ein lustiger Abend. Rosie wird mit jedem Glas Wein etwas röter im Gesicht und ihr amerikanischer Akzent immer stärker. Wir reden über Gott und die Welt, fachsimpeln über die Vorzüge eines Gasofens gegenüber eines elektrischen und diskutieren, ob Backen oder Kochen die schönere Beschäftigung ist.

»Honey, I love baking, but I hate cooking.«

Rosie zieht das O von *love* und das A von *hate* in die Länge und lehnt sich dabei über den ganzen Tisch. Max und ich können nicht anders als laut loszulachen.

»It's true«, beharrt Rosie und haut mit der Faust auf den Tisch, »ich kann es einfach nicht. Nicht einmal die easiest things.«

»Du könntest ja einen Kochkurs bei Eva belegen«, schlägt Max grinsend vor.

»Das ist nichts für mich«, winkt Rosie ab.

»Aber du könntest für meinen Laden kochen.«

»Wie meinst du das?« Ich bin auf einen Schlag stocknüchtern und schaue sie an.

»Du kochst jeden Tag ein anderes Gericht, das wir in meinem Laden anbieten. Ich wollte schon lange einmal etwas Neues ausprobieren.«

Meine Gedanken überschlagen sich. Ich habe sofort tausend Ideen, was ich für Rosies Café kochen könnte. Gumbo, Rote Linsensuppe, Kartoffelsuppe mit Würstchen, Gulasch, natürlich Chili und, und, und. Vor lauter Aufregung werfe ich gleich mein Glas um, das aber glücklicherweise bereits leer ist.

»Ich glaube, Eva gefällt deine Idee«, stellt Max lachend fest.

»Es ist ja auch eine gute Idee«, sagt Rosie selbstbewusst und schaut dann in meine Richtung. »Und was sagst du, Eva?«

Ich kann gar nicht glauben, dass das gerade wirklich passiert.

»Natürlich bezahle ich dich dafür.«

Ich springe auf und falle Rosie um den Hals. Jetzt kann auch sie sich nicht mehr halten vor Lachen. Mir ist klar, dass ich vom Kochen für Rosie allein nicht leben kann, aber es ist etwas, das mir Spaß macht. Und wenn ich damit zumindest ein bisschen Geld verdiene, ist das bes-

114

ser als nichts.

»Komm morgen im Laden vorbei, wenn ich wieder nüchtern bin.« Rosie grinst schuldbewusst. »Dann besprechen wir die Details.«

»Darauf stoßen wir an«, rufe ich glücklich und hole den Amaretto, den ich wie auch den Rum eigentlich zum Backen daheim habe, sowie drei Schnapsgläser.

»Auf Rosies Idee.«

»Darauf, dass uns die Kunden den Laden einrennen.« Rosie kichert.

»Auf Rosie und Eva.«

Mit einem lauten *Pling* klirren unsere Gläser aneinander. Der Likör rinnt weich meine Kehle hinab und ich lecke mir über die Lippen. Dann bemerke ich Max' Blick, der wie hypnotisiert der Bewegung meiner Zunge zu folgen scheint und ich schließe schnell meinen Mund. Was ist das nur heute Abend mit diesen Blicken? Schnell bringe ich die Flasche zurück in die Küche. Als ich zurückkomme, streicht Max Rosie sanft über den Rücken. »Rosie, was hältst du davon, wenn wir uns ein Taxi teilen?«

Rosies Augen sind ganz klein und sie wirkt, als würde sie jeden Moment einschlafen.

»Very good idea.«

Max bestellt ein Taxi, das nur fünf Minuten

später vor der Tür steht. Wir stehen auf und als Max Anstalten macht, das dreckige Geschirr hochzunehmen, schüttle ich den Kopf.

»Ich mach das schon. Bring du lieber Rosie sicher nach Hause.«

Sie ist sehr wackelig auf den Beinen, aber bei Max in guten Händen. Dessen bin ich mir sicher.

»Halt«, rufe ich, als Max die Tür öffnen will und renne in die Küche, wo noch Rosies restliche Kekse stehen.

»Hier.«

Ich drücke sie Rosie in die Hand, die den Karton anschaut, als ob sie ihn noch nie gesehen hätte. Dann öffnet sie ihn mit einem Grinsen und holt einen der nackten Weihnachtsmänner heraus.

»Der sieht dir ähnlich«, sagt sie an Max gewandt, bevor sie ihn mir mit einem Zwinkern in die Hand drückt. »Hier, für dich zum Vernaschen.«

Ich werde knallrot und versuche meine Verlegenheit zu überspielen, indem ich Rosie fest an mich drücke. »Danke für alles!«

Sie tätschelt mir den Rücken und gibt mir einen Kuss auf beide Wangen. »Schlaf gut, Honey.«

Ich verabschiede mich auch von Max, der

mich irgendwie seltsam mustert und bleibe noch an der Tür stehen bis beide im Taxi sitzen. Die Gedanken an Max und was die Blicke zu bedeuten haben, verschiebe ich ganz nach hinten in meinen Kopf, während ich mich ans Aufräumen mache.

15

Ich bin die ganze Nacht wach gelegen vor lauter Angst, Rosie könnte das Angebot nur aufgrund des Alkohols gemacht haben und mir heute mitteilen, dass das alles– im wahrsten Sinne des Wortes – eine Schnapsidee war. Doch Rosie ist immer noch begeistert von ihrer Idee.

»Ich würde vorschlagen, das erste Gericht gibt es sozusagen als Testlauf am 22. Dezember. Da gehen die Leute alle noch mal zum Einkaufen und sind froh über eine kleine Stärkung. Und ab Januar kochst du dann ein täglich wechselndes Gericht.«

Während sie redet bestreicht Rosie ein Rechteck aus Hefeteig mit geschmolzener Butter und bestreut das Ganze mit einer Zimt-Zucker-Mischung.

»Das klingt gut. Ich habe schon so wahnsinnig viele Ideen.«

Rosie lächelt und rollt das Teigrechteck zu einer langen Rolle auf. »Ich wusste gleich, dass das mit uns was werden kann, als du das erste Mal hier im Laden warst. Trotz der vielen Tränen.« Sie zwinkert mir zu. »So gefällst du mir viel besser.«

Ich zucke mit den Schultern. »Das habe ich in erster Linie Max und dir zu verdanken.«

Sie winkt ab und beginnt dann, die Rolle in

etwas mehr als fingerdicke Scheiben zu schneiden. »Honey, es steckt alles in dir. Du musst es nur zulassen!« Sie legt die Zimtschnecken in eine große Auflaufform und stellt sie dann in den heißen Ofen. »Was läuft eigentlich zwischen dir und Max?«

Ich schaue sie erstaunt an. »Nichts. Wir sind Freunde, mehr nicht.«

Jetzt schaut Rosie mich erstaunt an. »Honey, die Blicke, die er dir zuwirft, sagen da aber etwas ganz anderes.«

»Ach Rosie.« Ich seufze. »Max ist ein wirklich lieber Kerl und ich bin ihm wahnsinnig dankbar. Aber das letzte was ich im Moment brauchen kann, ist ein Mann. Und wir kennen uns gerade einmal seit einer Woche.«

»Manchmal reicht ein Blick aus. Bei mir und meinem Anton war es so. Ein Blick und um uns beide war es geschehen.« Sie seufzt wehmütig und ihr Blick gleitet kurz in die Ferne. Dann wendet sie sich wieder an mich. »Und vielleicht ist ein Mann wie Max gerade das, was du im Moment brauchst.«

Sie zieht die Augenbrauen hoch und grinst. Ich werde schon wieder rot und langsam ärgere ich mich, dass sowohl Max als auch Rosie es immer wieder schaffen, dass mein Gesicht so rot leuchtet wie die Nase von Rudolf, dem Rentier. Außerdem habe ich das Gefühl, in der kleinen Küche herrschen mindestens 40 Grad und Rosies anzügliches Grinsen sorgt nicht gerade dafür, dass mir etwas kühler wird.

Im Gegenteil. Ich stelle mir vor, was wäre, wenn ich Max unter anderen Umständen kennen gelernt hätte und die Bilder, die mir durch den Kopf schießen, sind alles andere als jugendfrei. Nach dem Drama mit Timo und der dürren Anja hätte ich nie gedacht, dass ich in näherer Zukunft wieder Lust auf Sex verspüren könnte, aber der Gedanke an Max' Hände auf meinem Körper, seine Lippen auf meinen, sein Stöhnen an meinem Ohr, wecken etwas in mir, das ich schon lange nicht mehr gespürt habe. Lust.

»Honey, du siehst aus, als würdest du mich jeden Moment vernaschen wollen.«

Rosie lacht. Sie weiß genau, woran ich gerade gedacht habe. Ich schlage die Hände vors Gesicht. Könnte ich noch röter werden, wäre jetzt der Moment gekommen. Ich werde mich wohl nie wieder mit Max treffen können, ohne an die Bilder und Rosies Worte zu denken. Echt klasse!

Rosies Lachen verfolgt mich auch noch, als ich in den Verkaufsraum gehe und die Cupcakes, die Rosie heute Morgen schon gebacken hat, in die Glastheke zu den Brownies und den restlichen *Naked Santa* Keksen stelle. Hier außen ist es im Vergleich zur Küche wenigstens etwas kühler, sodass mein Gesicht langsam wieder aufhört zu brennen.

»Kommen wir uns eigentlich in die Quere in der Küche?«, frage ich Rosie, als ich wieder in die Küche komme.

»Hm«, Rosie überlegt, »du könntest zu Hause kochen und das Essen herfahren. Die Küche reicht gerade mal zum Backen und selbst dafür ist sie fast zu klein.«

»Ich habe aber kein Auto«, werfe ich ein.

»Du kannst meinen Caddy nehmen. Ich brauche ihn sowieso nur zum Einkaufen. Einen Führerschein hast du, oder?«

Ich nicke. Meine Mutter hat damals darauf bestanden, dass ich den Führerschein mache. Sie hat als 18-Jährige darauf verzichtet, weil mein Vater das anscheinend so wollte und nachdem er sich dann aus dem Staub gemacht hat, hat sie sich zu unsicher gefühlt, um ihn noch nachzumachen. Seit der Trennung von Timo bin ich allerdings nicht mehr gefahren, weil wir ein gemeinsames Auto hatten, das er selbstverständlich behalten hat. Aber so schnell verlernt man das Fahren ja zum Glück nicht.

»Gut, dann haben wir das geklärt. Am 22. hole ich dich aber ab, sagen wir um halb zehn. Dann können wir um zehn aufmachen. Ich bin gespannt, was du auftischst.«

Ich kann es immer noch nicht richtig fassen. Nie hätte ich gedacht, dass sich mein Leben innerhalb einer Woche um 180 Grad drehen könnte. Und auf einmal habe ich nicht nur zwei neue Freunde, sondern auch noch einen Job, bei dem ich meine Leidenschaft ausleben kann. Trotz Rosies Einwand weiß ich auch, woran oder besser an wem das liegt.

Max nimmt nach dem ersten Klingeln ab.

»Gehen wir heute auf den Weihnachtsmarkt? Ich glaube, ich bin jetzt so weit.«

»Halleluja!«, ruft Max.

16

Wir treffen uns um sechs am Eingang des Weihnachtsmarktes. Beide dick eingepackt mit Schal, Mütze und Handschuhen. Max umarmt mich zur Begrüßung wie auch schon bei unseren vorherigen Begegnungen, aber diesmal kann ich die Umarmung nicht so unbefangen erwidern wie bisher.

»Bereit?«, fragt Max.

Ich hole tief Luft. »Bereit. Gehen wir es an.«

Weil es in den letzten Tagen immer wieder geschneit hat, sehen die Buden aus wie mit Puderzucker bestäubt. Der Schnee glitzert im Schein der unzähligen Lichter, die überall angebracht sind. Wir betreten den Markt durch ein großes beleuchtetes Tor und sofort umfängt mich der weihnachtliche Duft von gebrannten Mandeln, Bratwürsten und Glühwein.

Meine Befürchtung, dass wir von den Menschenmassen niedergetrampelt werden, bewahrheitet sich zum Glück nicht. Es ist zwar einiges los, jedoch verläuft sich das Ganze ziemlich schnell, so dass wir gemütlich über den Markt schlendern können.

Aus den Lautsprechern tönt *Christmas Time* von Bryan Adams und langsam stellt sich bei mir doch so etwas wie ein weihnachtliches Gefühl ein. Ich summe sogar mit. Max registriert es mit einem Lächeln. »Ich wusste doch, dass du keine Mrs Scrooge bist.«

Ich ziehe belustigt meine Augenbrauen nach oben. »Mrs Scrooge?«

»Wärst du lieber Mrs Grinch?«

Ich schüttle den Kopf. »Grün steht mir nicht.«

Max lacht. »Das Unbeschwerte steht dir.« Er wird wieder ernst. »Ich bin froh, dass es dir besser geht.«

»Ich auch.«

Ich sehe ihn an und unsere Blicke treffen sich. Die Geräusche um uns herum verblassen und es gibt nur noch uns. Seine Augen leuchten in einem dunklen Grün, durchsetzt von goldenen Sprenkeln. Ich kann mich nicht abwenden, bin fasziniert von diesen Augen, von der Intensität, mit der sie mich anschauen. Durchschauen. Ich habe das Gefühl, er kann bis in meine Seele blicken.

»Wie wäre es mit etwas echt Weihnachtlichen?«, fragt er plötzlich und der Moment ist vorbei.

Erleichtert, aber auch ein bisschen enttäuscht atme ich aus. Ich habe gar nicht gemerkt, dass ich die Luft angehalten habe.

»Und das wäre?«

Max grinst, greift nach meiner Hand und

zieht mich mit sich. Vorbei an mit Tannenzweigen, Kugeln und Kerzen geschmückten Buden,
vorbei an den zahlreichen Essensständen, die
außer Bratwürsten auch noch viele andere lecke-
re Dinge anbieten und vorbei an den Gewürz-
ständen, aus denen es verheißungsvoll duftet.

Am anderen Ende des Weihnachtsmarktes
kommen wir schließlich zum Stehen. Ich schaue
Max erstaunt an. Damit habe ich nun wirklich
nicht gerechnet. Vor uns breitet sich die *Himmli-
sche Backstube* aus, ein Stand, an dem man sein
eigenes Lebkuchenhaus bauen und verzieren
kann.

»Ist das dein Ernst?«

»Oh ja, und wie. Du und ich, wir werden ein
Lebkuchenhaus bauen wie es die Welt noch nie
gesehen hat!«

Max strahlt und sieht dermaßen begeistert
aus, dass sich ein Grinsen auf meinem Gesicht
ausbreitet.

Weil gerade nicht viel los ist, bekommen wir
gleich einen Platz ganz hinten in der Ecke zuge-
wiesen. Eine junge Frau in einem Engelskostüm
– so richtig mit Flügeln und Heiligenschein –
erklärt uns noch kurz, wie das Hausbauen funk-
tioniert, dann lässt sie uns allein.

Vor uns liegen quadratische Platten aus Honigkuchenteig, eine Schale mit dickflüssigem Zuckerguss, Puderzucker, Zuckerperlen, Gummibärchen, Salzstangen, Smarties, Zuckerstangen und diese kleinen runden, mit bunten Zuckerperlen bestreuten Schokoladenplätzchen. Außerdem eine dünne Holzplatte, ein Messer, Schablonen, ein Pinsel, ein Spritzbeutel und ein Löffel.

Max klatscht in die Hände und nimmt sich gleich eine der Teigplatten und das Messer. Die Schablonen ignoriert er. Stattdessen schneidet er ein nicht ganz gleichmäßiges Rechteck heraus und legt es auf die als Unterlage vorgesehene Holzplatte. Zwei weitere, ebenfalls krumme Rechtecke folgen.

»Willst du die Giebelseiten ausschneiden?«, fragt er mich und hält mir das Messer hin.

Ich nehme eine der Schablonen und lege sie auf den Teig.

»Ts...echte Könner brauchen keine Schablonen«, zieht Max mich auf, aber ich lasse mich davon weder beeindrucken noch ablenken.

Während ich auch die zweite Giebelwand ausschneide, rührt Max den Zuckerguss um und bestreicht die Ränder der Bodenplatte großzügig damit. Dann setzt er seine Rechtecke darauf. Als er sie loslässt, fallen beide Wände um und der Zuckerguss spritzt über den ganzen Tisch und trifft auch Max. Ich kann mir ein Lachen nicht verkneifen.

»Findest du das lustig?«, fragt Max, aber seine Lippen zittern dabei, so als ob auch er das Lachen nur schwer unterdrücken kann.

»Ja, um ehrlich zu sein schon.«

»Du weißt, was das bedeutet, oder?«

Er schaut mich durchdringend an, seine Stimme klingt unheilvoll. Mit einer plötzlichen Bewegung nimmt er eine Hand voll Puderzucker und schüttet sie mir über den Kopf.

Ich pruste überrascht auf. Der Puderzucker verteilt sich in meinen Haaren und auf meinem Gesicht. Etwas davon landet in meiner Nase und ich muss niesen. Max lacht sich neben mir schlapp.

»Na warte!«, rufe ich und zahle es ihm heim, indem ich ebenfalls eine Ladung Puderzucker über ihm ausschütte.

Jetzt können wir uns beide vor Lachen nicht mehr halten und es entbrennt eine richtige Zuckerschlacht.

»Du siehst aus wie ein Schneemann«, rufe ich und puste ihm eine Handvoll Puderzucker ins Gesicht.

»Und du wie eine Schneefrau«, ruft Max und revanchiert sich mit einer weiteren Handvoll.

Das plötzliche Räuspern der Frau im Engelskostüm unterbricht unsere Schlacht. »Die Dame, der Herr, ich möchte Sie bitten, damit aufzuhören. Wir betreiben diese Bäckerei, um Kindern eine Freude zu machen und nicht, um ihnen beizubringen, Lebensmittel zu verschwenden.«

Peinlich berührt, lasse ich meine Hände sinken und entschuldige mich für unser Verhalten. Die Frau nickt und verschwindet wieder.

»Siehst du, was du angerichtet hast?«, flüstere ich Max zu und obwohl es mir immer noch unangenehm ist, kann ich nicht aufhören zu grinsen. Max geht es ähnlich.

Irgendwie schaffen wir es trotzdem, unser Lebkuchenhaus fertig zu bauen. Es ist zwar krumm und schief, dafür aber über und über mit Zuckerguss und Smarties verziert. Stolz auf unser Werk, aber mit eingezogenen Köpfen, machen wir uns, nachdem wir bezahlt und der Engelsfrau ein dickes Trinkgeld dagelassen haben, aus dem Staub. Erst als wir außer Sichtweite sind, fangen wir an zu lachen.

»Du bist unmöglich«, pruste ich. »Wir können uns dort nie wieder blicken lassen!«

»Und das, wo wir doch so begabt sind«, sagt Max mit einem Blick auf das windschiefe Gebilde in meiner Hand.

»Du hast da übrigens Puderzucker.«

Er zeigt wage in meine Richtung und ich rolle mit den Augen.

»Sag bloß. Wem ich das nur zu verdanken habe?«

Auf einmal steht er ganz nah vor mir. Seine Hände streichen vorsichtig über mein Gesicht und die Belustigung ist aus seinem Blick verschwunden. Wieder werde ich von der Intensität überrascht, mit der er mich anschaut, doch diesmal bin ich es, die den Moment unterbricht.

»Wollen wir uns etwas zu Essen holen? Ich bin am Verhungern.«

Max lässt mein Gesicht los und tritt einen Schritt zurück. »Das ist eine super Idee. Nach all dem Zucker.«

Wir stellen uns bei der nächsten Bratwurstbude an und holen uns jeder eine Bratwurstsemmel. Das Lebkuchenhaus steht während wir essen, neben uns auf dem kleinen Metalltischchen.

»Ich habe total vergessen, wie gut so eine einfache Bratwurstsemmel schmeckt.«

Ich stöhne genüsslich auf, als auch der letzte Bissen in meinem Mund verschwindet. Max grinst schon wieder.

»Das einzige, was mir jetzt noch zu meinem Essensglück fehlt, sind gebrannte Mandeln.«

»Na, das bekommen wir hin.«

Am nächsten Stand holt Max eine Tüte mit noch warmen gebrannten Mandeln, die wir uns teilen.

»Und, gibst du Weihnachten noch eine Chance?«, fragt er, als wir uns langsam auf den Weg nach Hause machen.

Ich schaue zurück auf den Markt mit seinen Lichtern und dem glitzernden Schnee und zucke mit den Schultern.

»Ich denke schon.«

Max sieht sehr zufrieden mit sich aus, als wir uns schließlich verabschieden.

17

In der Nacht träume ich von dunkelgrünen Augen mit goldenen Sprenkeln und als ich am nächsten Morgen aufwache, fühle ich mich frisch und ausgeruht. Und in der richtigen Stimmung, um Plätzchen zu backen.

Nach einem kurzen Frühstück mache ich mich auf zum Supermarkt. Der Schnee liegt mittlerweile dreißig Zentimeter hoch und ich bin froh, dass ich nicht mit dem Auto fahren muss. Im Supermarkt herrscht dichtes Gedränge. Eigentlich logisch. Es sind nur noch vier Tage bis Weihnachten. Aber heute stören mich weder die gestressten Leute, noch die genervten Verkäufer. Selbst die immer gleichen Weihnachtslieder, die aus dem Radio tönen, können mir die Laune nicht verderben. Auf dem Rückweg pfeife ich sogar vor mich hin.

Kurz vor meiner Haustür treffe ich meine Nachbarin Elfriede, die gerade den Briefkasten ausleert. »Eva, Kindchen. Gut siehst du aus!«

Sie schenkt mir ein warmes Lächeln und ich weiß sofort wieder, warum ich sie früher Tante Elfi genannt habe. Elfriedes Mann ist schon ziemlich früh verstorben und seitdem lebt sie allein in dem Haus, das die beiden direkt neben unserem zusammen gebaut haben. Als es meiner Mutter gesundheitlich noch gut ging, haben die beiden viel gemeinsam unternommen und als bei meiner Mutter Krebs diagnostiziert wurde, hat Elfriede mir bei ihrer Pflege und Betreuung geholfen. Mir wird bewusst, dass ich sie in den letzten zwei Monaten so gut wie gar nicht mehr gesehen habe und wie sehr ich nur mit mir selbst beschäftigt war.

»Danke, Elfriede. Hast du Lust, später auf einen Kaffee vorbeizukommen? Ich möchte auch noch ein paar Plätzchen backen.«

Das Leuchten in ihren Augen zeigt mir, dass ich die richtige Entscheidung getroffen habe, sie einzuladen. Nach allem, was war, ist das auch das Mindeste, was ich tun kann.

»Sehr gerne. Ich freue mich immer, wenn ich mal raus komme.« Sie seufzt. »Weißt du, wenn man die ganze Zeit allein ist, vergeht der Tag einfach nicht.«

Ich weiß, dass das kein Vorwurf sein soll, aber ich habe trotzdem ein schlechtes Gewissen und nehme mir vor, sie in nächster Zeit wieder etwas öfter zu besuchen oder einzuladen. Schließlich kann ich nur zu gut nachvollziehen, wie es ist, allein zu sein.

»Bis halb fünf müsste ich ein paar Plätzchen zustande gebracht haben«, sage ich und grinse.

Sie nickt. »Dann sehen wir uns um halb fünf!«

Mit dem Stapel Post in ihrer Hand winkt sie mir noch einmal zu, dann macht sie sich auf den Weg zurück ins Haus. Ich tue es ihr gleich. Schließlich habe ich noch einiges zu tun.

Drinnen lege ich als allererstes eine CD mit Weihnachtsliedern auf. Darauf sind sämtliche Klassiker von Bing Crosby über Frank Sinatra und Louis Armstrong versammelt. Früher haben wir sie jedes Jahr zum Plätzchenbacken angehört.

Die ersten Töne von *White Christmas* erklingen und versetzen mich sofort in eine Zeit, in der ich neben meiner Mutter auf einem Stuhl stand und ihr beim Ausstechen geholfen habe. Natürlich nicht, ohne ab und zu ein Stück rohen Teig zu naschen.

Ich stelle sämtliche Zutaten auf die Ablage des alten Küchenregals und mache mich dann an die erste Sorte. Schon bald duftet es in der Küche nach geschmolzener Schokolade, Zimt und Vanille. Gewissenhaft messe ich die Zutaten ab, so wie meine Mutter es mir beigebracht hat, knete, rühre, forme was das Zeug hält. Vier Sorten werden es. Schokotaler, Vanillekipferl, Lebkuchen und Zimtsterne.

Nachdem ich das letzte Blech aus dem Ofen geholt habe, mache ich mich daran, das Haus noch ein bisschen weihnachtlicher zu dekorieren.

138

Vom Dachboden hole ich die Kiste mit dem Weihnachtsschmuck, die meine Aufräumaktion überlebt hat. Der Weihnachtsschmuck ist bunt zusammengewürfelt und besteht zu etwa gleichen Teilen aus Selbstgebasteltem und Gekauftem. Kleine Engelchen, golden angemalte Walnüsse an einem roten Band, Holzfiguren, Kerzenständer, Fensterbilder, Sterne und noch vieles mehr. Ich verteile einiges davon in der Wohnung bis ich schließlich zufrieden bin. Genau zur rechten Zeit.

Pünktlich um halb fünf klingelt es an der Tür. Elfriede hat sich richtig in Schale geworfen und ich komme mir in meiner Jeans und dem Pullover etwas underdressed vor. Aber immerhin habe ich den ganzen Tag gebacken und dekoriert.

»Eva, Kindchen. Es riecht wieder einmal wunderbar.«

Sie umarmt mich zur Begrüßung und schnuppert wie ein Hund, der Witterung aufgenommen hat, in die Luft. Ich verkneife mir ein Grinsen und gemeinsam gehen wir zum Wohnzimmertisch, wo ich schon einen Teller mit den frischen Plätzchen hingestellt habe. Elfriede setzt sich auf die Couch, während ich noch zwei Tassen Kaffee aus der Küche hole.

»Schön hast du es dir gemacht. Jetzt sieht alles

so…«, sie überlegt kurz und lässt ihren Blick durch den Raum schweifen, »jung aus.«

»Ich habe einfach mal etwas Abwechslung gebraucht nach…allem.«

Elfriede nickt verständnisvoll. »Ich weiß, was du meinst. Nach Georgs Tod habe ich auch ziemlich viel verändert. Manchmal braucht man Veränderung, um weiter leben zu können.« Sie hält kurz inne, greift nach einem Lebkuchen, den ich mit Schokolade überzogen habe, und beißt ein Stück ab. »Köstlich!« Sie schiebt sich den Rest des Lebkuchens in den Mund. »Das Rezept von Marianne, nehme ich an?«

»Ja, du weißt doch, Lebkuchen waren ihr Ding. Die anderen Sorten hat sie eigentlich nur für mich gebacken oder zum Verschenken. Sie selbst hätte nur diese Lebkuchen gebraucht.«

»Oh ja, daran erinnere ich mich.« Elfriede lächelt und nimmt sich einen Zimtstern.

»Dein Wunsch nach Veränderung hat aber nicht zufällig etwas mit dem jungen Mann zu tun, der dich in letzter Zeit öfter besucht?«, fragt sie dann betont beiläufig.

Ich verschlucke mich an meinem Kaffee und fange an zu husten. Elfriede klopft mir auf den Rücken.

»Max und ich sind nur Freunde«, bringe ich

140

schließlich heraus, aber ich kann sie dabei nicht direkt ansehen. »Woher weißt du eigentlich, dass ich öfter Besuch hatte?«

Elfriede errötet leicht und senkt den Blick. »Weißt du, wenn man den ganzen Tag allein ist, und zufällig grad am Fenster steht…«

»Du hast mich beobachtet?!«

»Beobachten würde ich das nicht nennen. Ich wollte nur wissen, wie es dir geht und auf einmal stand da dieser gutaussehende junge Mann. Da musste ich ja wissen, wie es weitergeht.«

Schuldbewusst sieht sie mich an, aber ich kann ihr nicht böse sein. Irgendwie hat es auch etwas tröstliches, zu wissen, dass jemand da ist, der ab und zu nach mir schaut.

»Ist schon in Ordnung«, sage ich und greife nach ihrer Hand.

Sie streicht darüber. »Und ihr seid wirklich nur Freunde?«

Ich verdrehe die Augen. Sie kann es einfach nicht lassen. »Warst du schon immer so neugierig?«

Sie lacht und nickt.

»Ja, wir sind wirklich nur Freunde. Ich habe im Moment weder Zeit noch Lust, mich mit Männern herumzuärgern. Das hatte ich lange genug.«

»Ach, Evalein. Du sollst dich ja auch nicht mit ihnen herumärgern. Da gibt es so viele andere Dinge, die weitaus mehr Spaß machen.«

Sie zwinkert mir zu und diesmal ist es an mir, rot zu werden. Es ist eine Sache, mit einer gleichaltrigen, guten Freundin über Sex zu reden, aber eine völlig andere, wenn auf einmal die beste Freundin deiner Mutter damit anfängt.

»Themenwechsel«, rufe ich und fühle mich gleichzeitig wie ein kleines Kind, das sich die Finger in die Ohren steckt und laut *lalala* singt.

»Ich sag ja nur«, winkt Elfriede ab und schnappt sich einen Schokotaler vom Plätzchenteller. »Aber Backen kannst du, Kindchen.« Auch ein Vanillekipferl landet in ihrem Mund. »Kochst du auch noch so gern wie früher?«

Ich nicke und erzähle ihr von Rosies Jobangebot. Elfriede freut sich mit mir und verspricht, dass sie auf jeden Fall vorbeikommen wird, um mich zu unterstützen. Wir unterhalten uns noch ein wenig und knapp eineinhalb Stunden später macht Elfriede sich auf den Weg nach Hause, in der Handtasche noch eine Dose mit Plätzchen.

18

Der nächste Tag beginnt sehr früh. Schon um sieben Uhr stehe ich pünktlich zu Ladenbeginn vor dem Supermarkt. Der Nachteil ohne Auto ist, dass ich fast jeden Tag einkaufen gehen muss. Und heute ist ja auch nicht irgendein Tag, sondern mein großer Premierentag als Köchin für *Rosie's Café*.

Ich habe mich für Gumbo entschieden, eine Art Eintopf, der aus dem Süden der USA und dort hauptsächlich aus Louisiana kommt. Den kann man gut vorbereiten und er schmeckt auch aufgewärmt hervorragend.

Im Supermarkt ist es um diese Zeit noch angenehm leer, sodass ich ziemlich schnell vorankomme. Nach einem kurzen Abstecher in die Metzgerei, in der ich noch Hühnerbrüste und Kabanossi besorge, mache ich mich wieder auf den Heimweg.

Dort beginne ich dann damit, Paprika, Zwiebeln, Knoblauch, das Fleisch und die Wurst zu schnippeln. Ein Blick auf die Uhr verrät mir, dass ich mich durchaus etwas beeilen muss, weil das Gumbo am Schluss noch etwas köcheln muss, damit sich der Geschmack vollständig entfalten kann.

Ich brate, schwitze an, brate wieder, gieße auf, rühre, lasse köcheln und bin voll in meinem

Element. Um kurz vor neun bin ich dann soweit fertig, dass ich mich, während das Gumbo auf kleiner Flamme vor sich hin blubbert, kurz dusche und anziehe.

Rosie kommt zum Glück etwas später als angekündigt, sodass ich bereits fix und fertig mit dem großen Topf in der Hand vor der Tür stehe. Ich hieve den Topf vorsichtig in den Kofferraum und steige dann auf der Beifahrerseite ein.

»Wie geht's dir, Honey?«, fragt Rosie mich zur Begrüßung.

»Ich bin fertig geworden und es schmeckt. Insofern geht's mir gut.« Ich grinse.

»Bist du aufgeregt?«

Sie fährt langsam, damit kein Gumbo aus dem Topf schwappt oder noch schlimmer der Topf umfällt.

»Eigentlich nicht. Nur gespannt, wie viele Leute kommen werden.«

Es ist die Wahrheit. Das Kochen wirkt auf mich immer noch wie eine Meditation und so fühle ich mich eher beschwingt als aufgeregt. Erst als wir am Café ankommen und ich den Topf und Rosie eine Ladung Brownies, Muffins und Kekse aus dem Auto ausladen, spüre ich ein leichtes Flattern in meiner Magengegend. Rosie gibt mir eine Tafel zum Aufstellen und ein Stück

Kreide.

»Werbung ist das Wichtigste«, sagt sie dazu und verschwindet in der Küche.

Ich überlege, was ich auf die Tafel schreiben soll und entscheide mich schließlich dafür, das Gumbo als *kurze Pause zum Aufwärmen* anzubieten. Ich stelle die Tafel nach draußen in die Fußgängerzone, wo schon die ersten Passanten vorbeihetzen.

Drinnen ist Rosie gerade dabei, ihren Cupcakes den letzten Schliff zu verleihen. Ich helfe ihr, während das Gumbo auf dem Herd darauf wartet, probiert zu werden. Um halb elf kommt der erste Kunde. Doch statt Gumbo kauft er nur zwei Cupcakes. Fast bin ich ein bisschen enttäuscht.

»Das wird schon noch«, tröstet mich Rosie.

Und tatsächlich, keine fünf Minuten später verkaufe ich meine erste Schüssel Gumbo. Ich freue mich wie ein kleines Kind, das am Straßenrand selbstgebastelte Kastanientiere verkauft. Um zwölf ist der Topf schon um ein Drittel geleert. Rosie und ich klatschen uns ab und Rosie gratuliert sich selbst zu ihrer Idee.

Gerade betritt eine Frau etwa in meinem Alter den Laden, vor dem Oberkörper ein kleines Baby in einer Tragetasche. Sie sieht irgendwie traurig

146

aus.

»Hallo«, sagt sie. »Könnte ich vielleicht eine Schüssel von dem Gumbo haben?«

»Selbstverständlich.«

Ich fülle ihr einen großzügigen Schöpfer Gumbo in eine Schüssel, weil ich das Gefühl habe, dass es genau das ist, was sie jetzt braucht. Gumbo wird schließlich nicht umsonst Soul Food genannt.

Sie nimmt die Schüssel dankbar entgegen und setzt sich an einen der Tische, was sich mit dem Baby vor ihrem Bauch ziemlich schwierig gestaltet. Ich weiß nicht warum, aber noch bevor ich nachdenken kann, purzeln die Worte aus meinem Mund.

»Soll ich Ihr Baby halten, während Sie essen?«

Sie sieht mich an als hätte ich gefragt, ob Weihnachten dieses Jahr auf den 24. Dezember fällt.

»Das würden Sie tun?«

Ich nicke und im nächsten Moment halte ich das Baby im Arm. Es riecht warm und irgendwie süßlich. Ich kann es nicht richtig beschreiben, aber ich weiß jetzt schon, dass ich den Geruch liebe.

»Ist es ein Junge oder ein Mädchen?«, frage ich.

Die junge Frau sieht von ihrer Schüssel auf. »Ein Junge. Lukas.«

»Und wie alt ist Lukas?«

»Zwei Monate.«

Sie isst weiter. Lukas bewegt sich in meinen Armen und macht ein Geräusch, das sich anhört wie ein leises Quieken. Ich schaukle ihn sanft hin und her und er beruhigt sich wieder. Ich könnte ihm stundenlang beim Schlafen zusehen und überrasche mich damit selbst. Früher mochte ich Babys nicht besonders, weil sie mir irgendwie unheimlich waren. Erst mit den Zweijährigen aufwärts konnte ich etwas anfangen. Eben denen, die auch oft im Spielzeugladen waren. Trotzdem war ich mir nie sicher, ob ich einmal eigene Kinder haben wollte. Jetzt mit Lukas auf dem Arm kann ich es mir auf einmal sehr wohl vorstellen und ohne, dass ich es verhindern kann, sehe ich Max vor meinem geistigen Auge. Ich schüttle den Kopf aufgrund dieser absurden Vorstellung.

»Vielen Dank«, unterbricht Lukas' Mutter meine Gedanken. »Das war wirklich gut. Gibt es das öfter?«

»Ja, ab Januar bieten wir täglich ein wechselndes Gericht an.«

»Dann haben Sie gerade eine Stammkundin

gewonnen.«

Ein leichtes Lächeln erscheint auf ihrem Gesicht und ich frage mich, warum sie vorhin so traurig ausgesehen hat.

»Ich bin übrigens Eva«, sage ich und gebe ihr Lukas zurück.

»Veronika«, sagt sie und schnallt sich Lukas wieder um.

»Ich freue mich schon, Sie dann im Januar wieder zu sehen.«

Sie lächelt wieder und diesmal erreicht das Lächeln auch ihre Augen. »Danke, Eva. Sie haben mir heute den Tag gerettet.«

Sie macht Anstalten, einen Fünf-Euro-Schein aus ihrem Geldbeutel zu holen, aber ich lege meine Hand auf ihre.

»Das ist schon in Ordnung. Das Gumbo geht aufs Haus. Ich wünsche Ihnen frohe Weihnachten!«

»Danke«, sagt sie und in ihren Augen schimmern Tränen.

Am liebsten würde ich sie in den Arm nehmen und ihr sagen, dass alles wieder gut wird, auch wenn ich nicht weiß, was los ist.

»Gerne.« Ich schenke Veronika ein warmes Lächeln und packe ihr noch einen von Rosies Brownies in einen Karton.

»Hier, der wirkt wahre Wunder.«

Ich reiche ihr den Karton und sie will ihn erst nicht annehmen. Mit aller Überzeugung, die ich aufbringen kann, schaffe ich es, dass sie den Brownie schließlich doch annimmt. Dann verabschiedet sie sich und ich hoffe wirklich, dass sie im Januar wieder kommt. Sie erinnert mich an mich selbst, wie ich vor nicht einmal zwei Wochen hier saß. Seitdem ist viel passiert und ich bin so dankbar für alles, dass es an der Zeit ist, etwas zurückzugeben.

19

Es kommen immer mehr Leute und wollen eine Schüssel vom Gumbo haben. Manche fragen, ob sie nur einen Löffel zum Probieren bekommen, einige bestellen noch eine zweite Schüssel. Rosie und ich freuen uns, dass unser Angebot so gut ankommt und ich weiß jetzt schon, dass ich mir noch einen zweiten großen Topf für Januar zulegen muss.

Ich frage mich, wann Elfriede wohl vorbeikommt. Nicht, dass dann nichts mehr übrig ist. Gerade als ich den Gedanken zu Ende gedacht habe, klingelt mein Handy.

»Hallo, ist da Eva Sonnenberg?«, fragt eine mir unbekannte Frauenstimme, kaum dass ich abgenommen habe.

»Ja. Mit wem spreche ich denn bitte?«

»Mein Name ist Meyer. Ich rufe aus dem Krankenhaus an. Ihre Tante Elfriede wurde gerade eingeliefert. Verdacht auf Oberschenkelhalsbruch.«

»Oh mein Gott!« Ich spüre, wie meine Beine unter mir nachzugeben drohen und halte mich an der Theke fest. Aus den Augenwinkeln sehe ich, dass Rosie aus der Küche kommt.

»Wir werden sie jetzt röntgen und dann entscheiden wie es weiter geht«, sagt Frau Meyer mit ruhiger Stimme.

»Ich komme sofort.«

Ich lege auf und drehe mich zu Rosie um.

»Honey, du siehst aus, als ob du gleich umkippst. Was ist denn passiert?«

»Meine Nachbarin Elfriede ist im Krankenhaus. Sie hat mich als ihren Kontakt angegeben.«

Ich bin völlig aufgelöst. Adrenalin rauscht durch meinen Körper und ich kann nicht ruhig stehen bleiben.

»Worauf wartest du dann noch? Los, geh ins Krankenhaus. Ich kriege das hier schon allein hin!«

Ich falle Rosie um den Hals, hole meine Jacke, Mütze und Schal und renne los, um den Bus zu erwischen, der zum Krankenhaus fährt. Unterwegs schlüpfe ich in die Jacke und schlinge notdürftig den Schal um meinen Hals. Erst im Bus, komme ich wieder zu Atem und versuche, mich zu beruhigen. Es wird alles gut, sie wird operiert und dann wird alles wieder so wie vorher.

Aber was, wenn nicht? Ich versuche, die Stimme zu ignorieren, aber mir fallen auf einmal nur noch Berichte ein, in denen von Frauen und Männern erzählt wird, die nach einem Oberschenkelhalsbruch gestorben sind. Meine Augen fangen an zu brennen und ich kämpfe mit den Tränen. Ich will nicht, dass Elfriede stirbt. Ich will nicht noch einen Menschen verlieren.

Meine Gedanken drehen sich im Kreis und ich steigere mich immer mehr hinein. Die Tränen laufen heiß meine Wangen hinunter und die Leute im Bus schauen mich schon komisch an. Aber in diesem Moment ist es mir egal. Als der Bus endlich am Krankenhaus hält und ich aussteigen kann, renne ich sofort wieder los. Am Empfang frage ich nach Elfriede und werde zur Notaufnahme geschickt. Dort liegt sie in einem Krankenhausbett auf dem Flur. Sie sieht blass aus und verschwindet fast in dem riesigen Bett.

»Tante Elfi«, rufe ich und die Tränen rollen wieder los. Ich beuge mich zu ihr hinunter und drücke ihr einen Kuss auf die Stirn.

»Eva, Kindchen.« Sie streicht mir über den Kopf.

Ich atme tief ein und versuche, mich zu beruhigen. »Wie geht es dir?«

Elfriede verzieht schmerzvoll das Gesicht, als sie sich ein Stück aufsetzen will.

»Frau Daubmaier, Sie müssen liegen bleiben.« Eine Schwester kommt zu uns her und schaut Elfriede tadelnd an. Die rollt mit den Augen, bleibt aber liegen. Die Schwester verschwindet wieder.

»Ich bin im Supermarkt gestürzt. Eigentlich

154

wollte ich nur schnell noch ein paar Kleinigkeiten für Heiligabend besorgen und auf einmal rutsche ich aus und liege auf dem Boden. Die nette Kassiererin hat dann für mich die Sanitäter geholt, weil ich nicht mehr aufstehen konnte.«

»Hast du Schmerzen?«, frage ich sie.

Sie nickt. »Der Arzt hat gesagt, ich werde heute noch operiert.«

»Ich bleibe bei dir«, verspreche ich ihr.

»Danke, Kindchen.« Sie drückt meine Hand, die ich automatisch auf ihre gelegt habe. Dann reißt sie auf einmal erschrocken die Augen auf. »Oh mein Gott, Eva! Heute ist doch dein großer Tag und jetzt komm ich daher und ruiniere dir alles!« Ihre Augen schwimmen in Tränen.

»Aber Elfi, das ist doch nicht so wichtig. Du gehst vor!«

Jetzt weint sie richtig und ich mit ihr. Ich liege dabei halb auf dem Bett, habe aber beide Füße auf dem Boden und meine Arme um Elfriede geschlungen. Erst ein Räuspern neben uns bringt uns wieder zurück in die Realität. Ein Pfleger steht neben uns und schaut etwas befremdlich zwischen uns hin und her. Schnell wische ich mir mit dem Ärmel über die Augen.

»Frau Daubmaier, wir würden Sie jetzt für die OP fertig machen.«

»Können Sie mir sagen, was sie genau hat?«, frage ich ihn.

»Sie sind?«

»Eva Sonnenberg. Elfriede ist meine Tante.« Zumindest im Herzen. Aber das braucht er ja nicht zu wissen.

»Ihre Tante hat sich bei ihrem Sturz den Oberschenkelhals gebrochen. Sie hatte dabei Glück im Unglück.«

Ich starre ihn verständnislos an und er fährt fort: »Sie hatte Glück, weil der Bruch nicht allzu kompliziert ist und sie sehr fit ist, sodass das Hüftgelenk nicht ausgetauscht werden muss. Ihre Tante wird operiert und muss dann einige Zeit hier bleiben und direkt im Anschluss zur Reha.«

»Werde ich dann wieder normal laufen können?«, fragt Elfriede und ihre Stimme klingt ganz dünn.

Wir schauen beide zu dem Pfleger, der sich mit einer Hand durch die Haare fährt. »Zum jetzigen Zeitpunkt können wir noch keine Prognose treffen, aber da Sie, wie gesagt, sehr fit sind, weiß ich nicht, was dagegen sprechen soll. Wie schnell kommt allerdings auch darauf an, wie gut der Bruch verheilt.«

Mir fällt ein Stein vom Herzen und auch

Elfriede wirkt gleich etwas weniger blass.

»Ich bleibe hier und warte auf dich.«

Ich versuche, ihr ein aufmunterndes Lächeln zu schenken, als der Pfleger sie mitsamt dem Bett aus meinem Sichtfeld schiebt.

Die nächsten Stunden verbringe ich abwechselnd in der Krankenhaus-Cafeteria und dem Wartezimmer auf der Station, auf die Elfriede verlegt werden soll. Zwischendurch rufe ich Rosie an und bringe sie auf den neuesten Stand. Mein Kopf fühlt sich langsam an, als bestünde er aus Watte. Dann kommt endlich der Pfleger von vorhin. »Frau Sonnenberg, Ihre Tante ist jetzt auf ihrem Zimmer. Sie können zu ihr.«

Er sagt mir noch die Zimmernummer und ich mache mich auf den Weg. Elfriede liegt im Bett und sieht sehr müde aus.

»Wie geht es dir?«, frage ich sie und setze mich auf den Stuhl, der neben ihrem Bett steht.

»Ich bin so müde«, flüstert sie.

»Hast du Schmerzen?« Sie schüttelt den Kopf und zeigt auf den Beutel über dem Bett. »Schmerzmittel.« Sie lächelt leicht. »Geh nach Hause, Kindchen.« Elfriede tätschelt meine Hand, wirkt aber so, als ob sie jeden Moment einschläft.

»Ich komme morgen wieder«, flüstere ich in

der Hoffnung, dass sie mich noch hört. Dann schleiche ich mich leise aus dem Zimmer. Auf dem Gang kommt mir leider niemand mehr entgegen, den ich fragen könnte, wie die OP verlaufen ist, aber ich schätze, sie hätten mich informiert, wenn es Komplikationen gegeben hätte.

Draußen vor dem Krankenhaus hole ich erst einmal tief Luft, bevor ich zur Bushaltestelle gehe. Während der Busfahrt schalte ich auf Durchzug, weil ich einfach nichts mehr hören und sehen will.

Eine dreiviertel Stunde später stehe ich endlich vor meiner Haustür. Ich schreibe Rosie eine kurze Nachricht, dass ich wieder zu Hause bin und morgen im Café vorbeischaue. Dann ziehe ich mir bequeme Sachen an und setze mich aufs Sofa. Im Fernsehen läuft *Ist das Leben nicht schön?*. Einer der Lieblingsfilme meiner Mutter. Gerade als George und Mary sich nach Marys Rückkehr von der Uni wieder treffen, klingelt es an der Tür.

Davor steht Max.

20

»Was machst du denn hier?«, frage ich ihn überrascht.

»Rosie hat mich angerufen und gesagt, du könntest möglicherweise etwas zu Essen und Gesellschaft gebrauchen.« Er lächelt leicht verlegen. »Chinesisches Essen.« Er hebt seine linke Hand, in der er eine große Tüte mit mehreren Kartons vom Asiaten hat. »Und ich.«

Täusche ich mich oder wird er ein bisschen rot? Das wäre eine Premiere. Beim Gedanken an das Essen, fängt mein Magen an zu knurren. Laut. Ich grinse. »Komm rein.«

Das lässt sich Max nicht zweimal sagen und kurz darauf sitzen wir kauend nebeneinander auf dem Sofa.

»Ich wusste nicht, was du gerne isst, deswegen habe ich von allem ein bisschen genommen.«

»Das ist perfekt«, nuschle ich hinter vorgehaltener Hand.

Das Essen ist wirklich lecker und bald lasse ich mich satt und zufrieden zurück in die Kissen fallen. Max tut es mir gleich.

»Danke«, sage ich und drehe meinen Kopf in seine Richtung.

»Das war doch nur ein bisschen Essen.«

»Ich meine nicht nur das Essen.« Ich schaue ihn ernst an. »Ich meine, dafür, dass du mich zu

Rosie gebracht und mir zugehört hast. Und für den Tritt in den Hintern. Und für die letzten Tage. So viel Spaß hatte ich schon lange nicht mehr.«

Max zieht mich zu sich heran und legt seinen Arm um mich. Ich lasse es zu, weil es sich einfach gut anfühlt. Und irgendwie richtig. Ich kuschle mich an ihn und ohne ein weiteres Wort schauen wir den Film, der immer noch läuft, weiter.

Der Engel Clarence zeigt George gerade, wie das Leben in der Stadt aussehen würde, wenn es ihn nicht geben würde. Max' Hand streicht sanft an meinem Arm auf und ab. Fast wie eine unbewusste Bewegung. Auf jeden Fall bewirkt es bei mir, dass sich eine Gänsehaut auf meinem ganzen Körper ausbreitet. Am Ende, als George nach Hause zurückkehrt und alle Stadtbewohner kommen, um ihm Geld zu leihen, muss ich wie immer ein bisschen weinen.

Ich sehe zu Max und stelle fest, dass auch er Tränen in den Augen hat. Eine davon löst sich aus seinem Augenwinkel und rollt über seine Wange. Ich beuge mich zu ihm, nehme sein Gesicht in beide Hände und wische die Träne sanft mit meinem Daumen weg. Max sieht mich überrascht an.

Wir sind uns so nah, dass sich unsere Nasenspitzen fast berühren. Sein Blick verändert sich, seine Augen werden ganz dunkel und die goldenen Sprenkel scheinen Funken zu sprühen. Max legt seine Hand an meine Wange und ich schmiege mich hinein. Ich habe das Gefühl, seinen Herzschlag spüren zu können. Er beschleunigt sich, genau wie meiner. Die Spannung zwischen uns steigt ins Unermessliche.

Und dann berühren sich unsere Lippen. Ganz vorsichtig. Nur der Hauch einer Berührung. Und trotzdem fühlt es sich an, als ob in meinem Inneren tausende Schneeflocken wild durcheinander gewirbelt werden. Ein Seufzen bahnt sich den Weg aus meinem Mund und Max antwortet, indem er seinen Mund ein Stück öffnet und mit seiner Zunge sanft über meine Lippen fährt. Ich komme ihm mit meiner Zunge entgegen und dränge mich gleichzeitig gegen seinen Körper. Max zieht mich auf seinen Schoß und der Kuss wird sofort intensiver.

Sein Oberkörper presst sich hart an meinen und zwischen meinen Beinen beginnt es zu kribbeln. Das Kribbeln breitet sich in meinem ganzen Körper aus und entfacht ein Feuer in mir. Ich löse mich von Max, was dem ein frustriertes Stöhnen entlockt und stehe auf. Meine Hand

162

greift nach seiner und zieht ihn hoch. Max schaut mich überrascht an und ich schenke ihm ein Lächeln. Er erwidert es, beugt sich vor und küsst mich erneut. Seine Lippen sind warm und weich und ich könnte mich in dem Kuss verlieren.

Aber ich will mehr.

Ich will Max spüren.

Auf mir.

In mir.

Ich ziehe ihn hinter mir her, die Treppen hinauf, ins Schlafzimmer. Unsere Finger sind fest ineinander verschlungen. Vor meinem Bett kommen wir zum Stehen. Max dreht mich zu sich um und nimmt mein Gesicht in beide Hände. Sein Blick bohrt sich in meinen. Ich erkenne die Frage darin.

Willst du das wirklich?

Und mein Blick antwortet.

Ja.

Max legt seine Stirn an meine.

»Eva«, flüstert er.

Mehr brauche ich nicht. Ich überbrücke die letzten Zentimeter zwischen uns und küsse ihn. Er schlingt seine Arme um mich und drückt mich fest an sich. Wie von selbst gleiten meine Hände hinunter zum Bund seiner Jeans. Ich ziehe sein T-Shirt aus der Hose und schiebe es zusammen mit dem Pullover nach oben. Max spannt seine Muskeln an, als ich mit meinen Fingern seine nackte Haut berühre. Er hebt seine Arme, damit ich ihm Pullover und T-Shirt über den Kopf ziehen kann. Beides landet hinter uns auf dem Fußboden.

Mit einer schnellen Bewegung öffnet er den Reißverschluss meiner Weste und lässt sie ebenfalls zu Boden fallen. Seine Augen werden groß, denn außer einem dünnen Top habe ich nichts darunter. Meine Brüste zeichnen sich deutlich ab und ich ziehe mir das Top selbst aus, weil ich es nicht mehr erwarten kann.

Unsere Lippen treffen sich erneut, diesmal heftiger. Ich presse mich an ihn und endlich spüre ich ihn. Nackte Haut auf nackter Haut. Während wir uns küssen, entledigen wir uns unserer Hosen, was sich als gar nicht so einfach herausstellt, wenn man sich dabei nicht loslassen will. Wir lachen beide leise, aber schließlich haben wir es geschafft.

Max hebt mich hoch und legt mich aufs Bett. Er stützt sich über mir ab, doch ich ziehe ihn zu mir herunter. Er küsst meinen Hals, mein Schlüsselbein, meine Schultern und jagt damit einen wohligen Schauer durch meinen Körper. Zwischen meinen Beinen spüre ich seine Erregung und ich hebe mein Becken etwas an. Max stößt ein tiefes Stöhnen aus, das aus seinem Innersten zu kommen scheint.

Dann lässt er seine Hand in meinem Höschen verschwinden. Seine Finger berühren mich auf eine Art und Weise, die mich schneller atmen lässt. Diesmal bin ich es, die ein Stöhnen nicht mehr unterdrücken kann. Ich lasse meinen Kopf tiefer in die Kissen sinken und konzentriere mich nur noch auf Max und seine Finger. Seine Bewegungen sind ruhig und gleichmäßig und reizen mich, bis ich es fast nicht mehr aushalte. Meine Muskeln spannen sich an und ein lautes Keuchen dringt aus meinem Mund. Mit einem Zittern, das zwischen meinen Beinen beginnt und sich in meinem ganzen Körper ausbreitet, komme ich.

Schwer atmend liege ich da und Max macht Anstalten, sich von mir herunterzurollen, aber ich halte ihn fest. Ich fahre über seinen Rücken hinunter zu seinen Shorts und versuche, sie ihm auszuziehen. Er hilft mir und dann endlich, endlich trennt uns nichts mehr. Max beugt sich zu mir herunter und küsst mich. Seine Erektion presst sich hart gegen meinen Oberschenkel.

»Max«, keuche ich, »Kondom.«

Ich hoffe wirklich, er hat eines dabei. Als ich noch mit Timo zusammen war, hat der sich immer darum gekümmert und das mit Max war nicht geplant. Max setzt sich abrupt auf und fischt nach seiner Hose. Aus dem Geldbeutel zaubert er ein Päckchen hervor, reißt es auf und zieht das Kondom über.

Ich ziehe ihn wieder auf mich, will ihn endlich in mir haben. Max positioniert sich über mir und dann dringt er in mich ein. Zieht sich zurück, nur um beim nächsten Mal ein Stück tiefer einzudringen. Das Feuer in meinem Innern lodert heiß und die Flammen drohen mich zu verbrennen.

Bei seinem nächsten Stoß, hebe ich ruckartig mein Becken. Max stöhnt überrascht auf. Durch meine Bewegung füllt er mich jetzt komplett aus. Dann beginnt er, sich in mir zu bewegen. Langsam. Quälend langsam. Ich stöhne frustriert und Max kann sich ein Grinsen nicht verkneifen.

Ich grabe meine Finger in seinen Hintern, komme ihm bei jeder Bewegung entgegen. Ein Blick in sein Gesicht verrät mir, dass er längst nicht so beherrscht ist, wie er tut. Seine Stöße werden unkontrollierter, tiefer, heftiger. Unser Atem geht stoßweise, auf meiner Stirn bilden sich Schweißperlen. Max presst seinen Mund auf meinen, unsere Zungen umschlingen sich gierig.

Mein Unterleib zieht sich rhythmisch zusammen und ich spüre, wie auch Max sich anspannt.

Der Höhepunkt bricht über mir zusammen wie eine Welle und ein Schaudern geht durch meinen ganzen Körper. Ich stemme die Füße gegen die Matratze und bäume mich Max' letzten Stößen entgegen. Mit einem langgezogenen Stöhnen, bricht Max über mir zusammen. Ich schlinge meine Arme um ihn und genieße die Schwere seines Körpers auf mir.

Erst als unser Atem allmählich ruhiger wird, rollt er sich von mir herunter, bleibt aber ganz nah neben mir liegen. Meine Glieder fühlen sich träge und schwer an und auf einmal überfällt mich eine bleierne Müdigkeit. Noch bevor ich einen weiteren Gedanken fassen kann, bricht die Dunkelheit über mich herein.

21

Ich wache auf, weil mein rechtes Bein friert. Kein Wunder. Statt unter der warmen Decke, liegt es darüber. Schläfrig hebe ich die Decke hoch und sehe außer meinen noch zwei weitere Beine. Ich drehe mich um. Und bin auf einmal hellwach.

Max liegt neben mir und schläft. Seine Brust hebt und senkt sich gleichmäßig und seine Gesichtszüge sind vollkommen entspannt.

Oh mein Gott!

Bruchstücke der letzten Nacht tauchen vor meinem inneren Auge auf. Der Kuss auf der Couch, Max und ich, nackt. Er auf mir. In mir. Sein Stöhnen. Mein Keuchen.

Scheiße.

Was habe ich nur getan?

Mein Herz fängt an, wie wild zu klopfen und mir wird übel. Ich stehe auf und gehe ins Bad. Im Spiegel sehe ich eine Frau, die gestern den besten Sex ihres Lebens hatte. Und trotzdem breche ich bei meinem Anblick in Tränen aus.

Max und ich waren Freunde. Und ich wollte diese Freundschaft nicht kaputt machen. Wieso also habe ich ihn geküsst? Wieso habe ich mit ihm geschlafen? Wie soll ich ihm denn jetzt erklären, dass ich ihn zwar gerne als Freund hätte aber nicht mehr?

Ich bin einfach noch nicht bereit für eine Beziehung. Ich bin doch gerade erst dabei, mich selbst – endlich – zu finden, da möchte ich mich nicht gleich wieder verlieren. Und trotzdem ist da auch die Tatsache, dass der Sex mit ihm einfach fantastisch war. Noch besser, als ich es mir je hätte ausmalen können.

Die Gedanken in meinem Kopf drehen sich im Kreis. Mit den Händen schaufle ich mir kaltes Wasser ins Gesicht. Zum einen, um die Spuren meiner Tränen zu beseitigen, zum anderen, um das Gedankenkarussell zu stoppen. Was eher mäßig klappt.

Ich gehe zurück ins Schlafzimmer. Max sitzt im Bett und reibt sich die Augen. Als er mich sieht, breitet sich ein Lächeln auf seinem Gesicht aus. »Guten Morgen.« Sein Blick sagt mehr als deutlich, dass er einer Wiederholung von heute Nacht nicht abgeneigt ist.

Ich versuche mich an einem Lächeln, aber es fühlt sich seltsam an. »Guten Morgen.« Ich schaue ihn nicht an, als ich meine Klamotten von gestern, die wild auf dem Fußboden verteilt sind aufhebe und anziehe. »Das Bad ist nebenan. Ich mach uns unten schon mal einen Kaffee«, sage ich und flüchte aus dem Zimmer.

Max kommt genau in dem Moment in die Küche, in dem ich die beiden dampfenden Tassen auf den Tisch stelle. Er bleibt direkt vor mir stehen und versucht, mich zu umarmen. Ich weiche ihm aus, weil ich seine Nähe gerade nicht ertrage. Max schaut mich mit gerunzelter Stirn an.

»Ist alles in Ordnung?« Sein Blick füllt sich mit Sorge. »Ist etwas mit Elfriede?«

Ich schüttle den Kopf.

»Was ist es dann? Habe ich dir wehgetan? Warum hast du nichts gesagt? Ich…«

»Ich kann das nicht«, unterbreche ich ihn.

»Was kannst du nicht?«, fragt er leise, aber seinem Blick nach zu urteilen, weiß er, was jetzt kommt.

»Das.« Ich zeige auf ihn und dann auf mich. »Das mit uns. Ich kann das nicht.«

Sein Gesicht ist völlig ausdruckslos und es bricht mir das Herz, ihn so verschlossen zu sehen. Aber ich kann nicht anders. Ich will nicht wieder dieser Mensch sein, der ich in den letzten zwölf Jahren war. Der, der alles mit sich machen lässt, egal, ob es mir gefällt oder nicht.

Vorsichtig sehe ich Max an. »Ich würde gerne einfach nur mit dir befreundet sein.« Meine Stimme ist nur ein leises Flüstern und trotzdem kommt es mir so vor, als hätte ich die Worte geschrien.

Max sieht aus, als hätte ich ihn geschlagen. »Weißt du, ich fand dich von Anfang an interessant. Ich dachte, wenn ich ich dir Zeit gebe, dann erkennst du irgendwann, dass nicht jeder Mann so ein Arschloch ist wie dein Ex. Aber anscheinend habe ich mich getäuscht.« Er rauft sich die Haare und sieht mich mit einem Blick an, den ich nicht deuten kann. »Du willst, dass wir einfach befreundet sind? Tut mir leid, Eva, aber das kann *ich* nicht.« Er räuspert sich und ich sehe, wie viel Anstrengung ihn diese Worte kosten. »Ich kann nicht mit der Frau befreundet sein, die mir das Herz herausgerissen hat und jetzt darauf herumtrampelt.« Er sagt es nicht wütend, aber die Enttäuschung, die ich in seiner Stimme höre, fühlt sich an wie eine Ohrfeige. »Ich hoffe, du findest irgendwann, wonach du suchst!«

Mit diesen Worten lässt er mich stehen, dreht sich um und verschwindet. Aus meinem Haus. Aus meinem Leben.

22

Ich funktioniere nur noch. Wie ein Roboter, dem einprogrammiert wurde, bestimmte Dinge zu tun. Ich lasse keinen Gedanken zu, an das, was gerade passiert ist, weil der Schmerz mich sonst zu übermannen droht. Mechanisch dusche ich mich und ziehe mich an. Mechanisch laufe ich zur Bushaltestelle. Mechanisch schreibe ich Rosie dabei eine Nachricht, dass ich es heute nicht in den Laden schaffe.

»Eva?«

Ich schaue auf und direkt in Timos Gesicht. Dabei fühle ich – nichts. Noch vor zwei Wochen hätte mich Timos Anblick in ein tiefes Loch fallen lassen. Aber jetzt bin ich ein Roboter und Roboter haben keine Gefühle.

»Wie geht's dir?«, fragt er und sieht mich an, als warte er nur darauf, dass ich in Tränen ausbreche.

»Gut«, lüge ich mit überraschend fester Stimme. Timo ist der letzte Mensch, dem ich darauf eine ehrliche Antwort geben würde. Die Wahrheit ist, ich fühle mich beschissen. Ich fühle mich schuldig. Ich fühle mich, als wäre etwas in mir gestorben.

»Wie geht es deiner Mutter?«

Ich sehe ihn mit der ganzen Verachtung an, die ich in dem Moment aufbringen kann. »Sie ist tot«, sage ich kalt und dann kommt zum Glück mein Bus. »Tschüss, Timo.«

Ohne auf eine Antwort zu warten, steige ich in den Bus und hoffe inständig, dass er mir nicht folgt, denn ich weiß nicht, wie lange ich meine gleichgültige Fassade noch aufrechterhalten kann. Er tut es nicht und ich sehe seinen betroffenen Gesichtsausdruck durch das Fenster. Fast habe ich Mitleid mit ihm, aber dann fällt mir ein, dass ich ein Roboter bin. Roboter haben kein Mitleid!

Die Fahrt zum Krankenhaus zieht sich ewig hin. Die Luft im Bus wird immer schlechter und ich habe das Gefühl zu ersticken. An all den Worten, die ich nicht gesagt habe, an all den Gefühlen, die ich ganz tief in mir versteckt halte. Meine Kehle wird eng, ich lockere den Schal um meinen Hals etwas, aber es bringt nichts.

Endlich kommen wir an. Ich stürme aus dem Bus und schnappe japsend nach Luft. Meine Augen brennen. *Nicht weinen*, ermahne ich mich, denn ich weiß, wenn ich anfange, höre ich nicht mehr auf.

Mein Telefon klingelt. Es ist Rosie, aber ich gehe nicht ran. Ich kann jetzt nicht mit ihr sprechen. Ich sehe förmlich ihr enttäuschtes Gesicht vor mir, wenn ich ihr erzähle, was ich getan habe. Ich schalte mein Telefon auf lautlos und betrete das Krankenhaus. Die Tür zu Elfriedes Zimmer steht offen und ich gehe hinein. Elfriede liegt im Bett, aber sie sieht schon etwas besser aus als gestern.

»Hallo, Eva. Schön, dass du da bist.«

Ich schlucke, um den Kloß, der in meinem Hals hochsteigen will, zu vertreiben. »Tante Elfi, wie geht es dir?«

»Besser, Kindchen, besser. Ich bin vollgepumpt mit Schmerzmitteln.« Sie kichert.

Ich ziehe meine Jacke und den Schal aus und setze mich auf den Stuhl neben ihr Bett. Elfriedes Augen weiten sich erschrocken, als sie mich von Nahem sieht.

»Kindchen, wie siehst du denn aus?«

Ihr Blick ist so voller Sorge, dass ich die Tränen nicht länger zurückhalten kann. Unter Schluchzen erzähle ich ihr alles, was gestern Abend und heute Morgen passiert ist. Ich lasse nichts aus und beschönige auch nichts. Elfriede tätschelt meine Hand und lässt mich reden. Als ich fertig bin, lässt auch das Schluchzen langsam nach. Elfriede reicht mir ein Taschentuch und sieht mich ernst an.

»Du hast Angst«, stellt sie fest. »Du hast Angst davor, geliebt zu werden, weil das bedeutet, sich verletzlich zu machen.«

Ich will erst den Kopf schütteln, aber dann denke ich darüber nach, was sie gesagt hat. Vielleicht hat sie Recht.

»Weißt du, Eva, ich habe meinen Georg schon früh im Leben getroffen und auch ich hatte Angst. Sich auf jemanden einzulassen, heißt, sich zu öffnen und den anderen in sein Leben zu lassen. Das ist natürlich ein Risiko. Du wurdest enttäuscht. Aber nur weil – wie hieß er gleich?«

»Timo«, helfe ich ihr auf die Sprünge, auch wenn ich nicht weiß, ob ich hören will, was sie mir sagt.

»Aber nur weil Timo dich verletzt hat, heißt das nicht, dass Max das auch tun wird.«

»Ach, Tante Elfi.« Ich seufze. »Ich will doch nur endlich ich selbst sein können und nicht die, die irgendein Mann sich an seiner Seite wünscht. Max hat mir geholfen, mich selbst zu finden, aber ich habe Angst, dass ich wieder in alte Muster zurück falle. Verstehst du das?«

Sie nickt. »Ich verstehe dich, Eva. Aber das bedeutet nicht, dass du dich vor der Liebe verstecken musst. Es ist wichtig und richtig, sich selbst zu lieben. Aber es ist mindestens genauso wichtig, zuzulassen, von anderen geliebt zu werden.«

Sie streicht mir über die Haare.

»Wir Menschen brauchen Liebe wie die Luft zum Atmen, ob wir wollen oder nicht. Ohne Liebe verkommen wir.« In ihren Augen schimmern Tränen. »Georg war die Liebe meines Lebens und als er gestorben ist, war das, als wäre ich mit ihm gestorben. Wirf das Geschenk der Liebe nicht einfach weg, Eva.«

In diesem Moment fühle ich mich wie eine selbstsüchtige, egoistische Kuh. Da liegt Elfriede, diese warmherzige, liebevolle Frau, die ich schon mein ganzes Leben lang kenne, mit einem Oberschenkelhalsbruch im Krankenhaus, die Liebe ihres Lebens seit über zehn Jahren tot und ich jammere ihr hier etwas vor.

»Es tut mir so leid!« Ich beuge mich vor und schlinge meine Arme um ihren Oberkörper. Vorsichtig, damit ich ihr nicht wehtue.

»Ist schon in Ordnung, Kindchen.« Sie streichelt meinen Rücken und drückt mir einen Kuss auf die Stirn.

Ich setze mich wieder zurück auf den Stuhl, wische mir die restlichen Tränen weg und atme einmal tief ein und wieder aus. »Was hat der Arzt gesagt? Ist die OP gut verlaufen?«

Elfriede mustert mich prüfend und ich habe das Gefühl, sie will noch etwas sagen, lässt es dann aber.

Sie erzählt mir von der Visite am Morgen. Dass der Arzt gesagt hat, die OP war erfolgreich und sie könne bald auf Reha und dann auch wieder laufen wie vorher. Wir plaudern über dies und das. Das Wetter, das Krankenhausessen, den gutaussehenden Pfleger, mit dem sie heute Morgen geflirtet hat. Nur das Thema Max grenzen wir komplett aus.

Ich bleibe den ganzen Tag bei ihr, hole uns nachmittags Kuchen aus der Cafeteria, der allerdings nicht einmal annähernd so gut schmeckt wie Rosies Gebäck. Ich habe ein schlechtes Gewissen, weil ich sämtliche ihrer Anrufe ignoriere. Sie hat bereits viermal versucht, mich zu erreichen. Ich überlege, ob ich ihr noch eine kurze Nachricht schreiben soll, lasse es aber dann doch bleiben. Um sieben verabschiede ich mich von Elfriede, nachdem ich ihr versprechen musste, über ihre Worte vom Vormittag nachzudenken.

Wieder zuhause wärme ich mir die Reste des Chilis auf, das ich noch eingefroren habe, und gehe dann ins Bett. Doch egal wie müde ich bin, ich kann nicht einschlafen. Schließlich ziehe ich um aufs Sofa, wickle mich in meine Kuscheldecke und schalte den Fernseher ein. Ich zappe durch die Programme, doch es kommt nur Mist.

Irgendwelche Horrorfilme, die hundertste Wiederholung irgendeiner Krankenhausserie und Dokus über minderjährige Mütter. Ich will schon wieder abschalten, da lese ich im Videotext, dass in zehn Minuten *Die Geister, die ich rief* kommt und ich beschließe zu warten. Besser, als mich weiter schlaflos von einer Seite auf die andere zu wälzen und meinen Gedanken nachzuhängen.

Bill Murray als Frank Cross ist genial. Seine Wandlung vom kaltherzigen Geschäftsmann zum geläuterten Helden rührt mich jedes Mal. Doch diesmal sehe ich die Geschichte mit anderen Augen.

Ich erinnere mich daran, wie Max mich zu eben jener Geschichte ins Theater eingeladen hat. Den Spaß, den wir hatten und auch die traurigen Momente, die wir miteinander geteilt haben. Im Film hält Bill Murray gerade die emotionalste Rede, die jemals gedreht worden ist und versöhnt sich mit seiner großen Liebe Claire. Und dann fällt es mir plötzlich wie Schuppen von den Augen. Ich bin Frank Cross. Und Max ist Claire. Ich habe ihn gehen lassen und das war der größte Fehler meines Lebens.

Auf einmal weiß ich was ich zu tun habe. Es ist nie zu spät, erinnere ich mich. Schon gar nicht an Weihnachten. Oder?

Ich hoffe, dass das nicht nur auf Frank und Claire, sondern auch auf Eva und Max zutrifft.

184

23

Ich wache auf dem Sofa auf. Mein Rücken schmerzt von der Position, in der ich eingeschlafen bin. Trotzdem fühle ich mich heute weitaus besser als gestern. Ich stehe auf, gehe kurz ins Bad und ziehe mich an. Bevor ich losgehe, werfe ich noch einen kurzen Blick in den Spiegel. Dort sehe ich die Entschlossenheit in meinem Gesicht. Ich straffe meine Schultern, dann mache ich mich auf den Weg.

Zum ersten Mal stehe ich vor dem Haus, in dem Max wohnt. Er hat eine Wohnung im ersten Stock und ich sehe Licht darin brennen. Das bedeutet zumindest, er ist zuhause. Ich hoffe, er lässt mich rein und sagen, was ich ihm sagen will. Mit einem tiefen Atemzug drücke ich auf die Klingel. Jetzt gibt es kein Zurück mehr. Der Türöffner surrt und ich steige mit klopfendem Herzen die Stufen in den ersten Stock hinauf.

Max steht in der Tür und wirkt mindestens so überrascht, mich zu sehen wie ich, als ich registriere, dass er ein rotes Weihnachtsmannkostüm trägt.

»Hi.« Ich klinge wie ein verschüchtertes Kind, dem der Weihnachtsmann irgendwie noch unheimlich ist.

»Hi.« Seine Miene ist undurchdringlich. »Was willst du hier?«

Die Kälte in seiner Stimme bohrt sich wie ein Eiszapfen in mein Herz, aber ich kann es ihm nicht verübeln. Schließlich habe ich alles getan, um ihn von mir zu stoßen. Wäre ich an seiner Stelle, hätte ich mir wohl schon längst die Tür vor der Nase zugeschlagen.

»Können wir reden?«

»Ich habe jetzt keine Zeit.« Er verschränkt die Arme vor der Brust und mustert mich abwartend.

»Max, bitte. Ich weiß, ich habe mich wie eine eiskalte, dumme Kuh verhalten und das tut mir leid. Ich…«

Er unterbricht mich. »Eva, ich habe wirklich keine Zeit. Ich muss in einer halben Stunde im Krankenhaus sein. Ich kann mich nicht schon wieder mit deinen Problemen auseinander setzen.«

Autsch. Das tut weh. Aber ich weiß, dass er Recht hat.

»Das verlange ich auch gar nicht. Kann ich mit ins Krankenhaus?«

Vielleicht schaffe ich es dann irgendwie, dass er mir zuhört. Er lässt seinen Blick an mir entlang nach unten gleiten.

»Warte einen Moment.« Er verschwindet in seiner Wohnung und kehrt drei Minuten später mit einem übergroßen weißen T-Shirt zurück. »Hier, zieh das über.«

Er wirft mir das T-Shirt zu, schnappt sich einen weißen Rauschebart von der Garderobe und zieht die Tür hinter sich ins Schloss. Ich schaue auf das T-Shirt und dann wieder zu Max.

»Äh...«, fange ich an, unschlüssig, was ich jetzt tun soll.

»Ich bin heute der Weihnachtsmann auf der Kinderstation. Du wirst das Christkind spielen müssen, wenn du mitkommen willst.«

Ich denke, er verarscht mich, aber da ist nicht der Hauch eines Grinsens in seinem Gesicht. Im Gegenteil. Er sieht mich ausdruckslos an. Wartet.

»Okay.«

Falls er überrascht über meine Entscheidung ist, lässt er es sich nicht anmerken. Stattdessen nickt er kurz und geht an mir vorbei, die Treppen hinunter. Ich folge ihm bis wir vor seinem Auto stehen.

Die Fahrt zum Krankenhaus verbringen wir schweigend, weil ich nicht weiß, wie ich anfangen soll. Außerdem möchte ich keinen Unfall riskieren. Ich weiß ja nicht, wie Max auf das, was ich ihm sagen will, reagiert.

Die Kinderstation ist anders als ich es erwartet habe. Hell und offen. An den Wänden hängen bunte, teils selbstgemalte, teils gedruckte Bilder, Fotos und gebastelte Kunstwerke. Am Empfang sitzt eine Schwester mit einem freundlichen Gesicht und einem warmen Lächeln.

»Hallo, Max. Schön, dass es wieder geklappt hat!« Sie kommt um den Tresen herum und umarmt Max herzlich. Er lacht und küsst sie auf die Wange. Es versetzt mir einen Stich, die beiden so ungezwungen miteinander zu sehen. Ich räuspere mich.

Max dreht sich zu mir um, so als würde ihm gerade erst wieder einfallen, dass ich auch noch da bin. »Sophia, das ist Eva. Sie wird heute als Christkind mithelfen.«

Sophia schenkt mir ebenfalls ein strahlendes Lächeln und eine Umarmung. »Eva, das ist lieb von dir. Die Kinder werden sich sicher freuen!«

Ich bin überrascht von der Herzlichkeit, die sie auch mir, einer ihr völlig Fremden, entgegenbringt und kann gar nicht anders, als ihr Lächeln zu erwidern.

»Mal sehen, ob wir noch ein paar Accessoires für dich im Fundus haben.« Sophia verschwindet in einem Raum neben dem Tresen und kehrt kurze Zeit später zurück. »Hier, wir haben vom letzten Weihnachtsstück noch ein paar echte Engelsflügel und…« Sie macht eine kurze Kunstpause. »…einen Heiligenschein. Das wird perfekt.«

Max gibt ein Geräusch von sich, das sowohl ein unterdrücktes Lachen als auch ein abfälliges Schnauben gewesen sein könnte. Ich hoffe, ersteres.

Sophia hält ein riesiges Paar Flügel aus weißen Federn und einen Heiligenschein, der an einem Haarreif befestigt ist, in der Hand und sieht mich erwartungsvoll an. Ich nehme beides, schlüpfe aus meiner Jacke und in das T-Shirt, das mir fast bis zu den Knien reicht. Dann schnalle ich mir die Flügel um und setze den Heiligenschein auf. Sie zaubert noch ein Stück goldenes Geschenkband hervor und bindet es mir als Gürtel um die Taille.

»Perfekt«, ruft sie dann und klatscht begeistert in die Hände.

Max verzieht das Gesicht zu einem kleinen Lächeln. Ein Anfang.

»Seid ihr bereit?«, fragt Sophia uns.

Max nickt.

»Dann los. Am besten fangt ihr im Zimmer 23 an und arbeitet euch dann im Kreis durch die anderen Zimmer. Wenn irgendetwas ist, ruft einfach nach mir.« Sie schenkt mir noch ein aufmunterndes Lächeln, dann setzt sie sich wieder hinter den Tresen. »Ach ja, hier ist der Sack mit den Geschenken.« Sie reicht Max einen riesigen Jutesack und wir gehen los.

»Max«, fange ich an, als wir außer Hörweite sind, »was genau machen wir jetzt eigentlich?«

»Wir bringen den Kindern ein bisschen Freude in den Krankenhausalltag. Einige von ihnen sind erst seit ein paar Tagen hier, andere schon monatelang.«

Ich schlucke.

»Wir haben Geschenke dabei, für jedes Kind ein Kuscheltier. Aber die meisten freuen sich einfach, dass der Weihnachtsmann sie auch im Krankenhaus besuchen kommt.«

Ich starre ihn an. Hätte ich es nicht vorher schon getan, spätestens jetzt hätte ich mich in ihn verliebt. Max wendet verlegen den Blick ab. »Na los, komm. Die Kinder warten bestimmt schon.«

Zimmer 23 ist ganz hinten am Gang und Max klopft laut an die Tür. Von drinnen tönt ein schüchternes »Herein« und Max öffnet die Tür.

»Hallo, meine lieben Kinder«, sagt er mit tiefer Stimme.

Im Raum stehen sechs Betten und in jedem davon liegt ein Kind. Alle sind zwischen 4 und 6 Jahre alt. Um die Betten herum sitzen die Eltern der Kinder und teilweise andere Kinder, vermutlich die Geschwister. Die Kinder in den Betten schauen Max mit großen Augen und offenen Mündern an. Ein kleiner Junge fasst sich schließlich ein Herz.

»Hallo Weihnachtsmann«, sagt er mit vor Aufregung ganz hoher Stimme.

»Seht mal, wen ich euch heute mitgebracht habe«, sagt Max und schiebt mich sanft aber bestimmt weiter ins Zimmer.

»Bist du das Christkind?«, fragt ein kleines Mädchen und mustert mich kritisch.

Ich nicke und Max gibt mir zu verstehen, dass ich auch etwas sagen soll. »Ja, das bin ich.« Ich schenke dem Mädchen ein Lächeln. »Wie heißt du denn?«

»Luise«, sagt sie. »Darf ich deine Flügel anfassen?«

»Aber ganz vorsichtig«, sage ich und drehe mich etwas, damit sie leichter rankommt.

Ehrfürchtig streicht sie über die flauschigen Federn. »Schau mal, Mama. Ich fasse die Flügel vom Christkind an.«

Luises Mama streicht ihr über den Kopf und lächelt mich dankbar an. »Das sehe ich, mein Schatz.«

»Wenn ich das Leonie erzähle. Ich habe das echte Christkind gesehen und seine Flügel angefasst.« Luise lässt sich wieder aufs Bett fallen und lächelt selig.

Max hat sich derweil einen Stuhl geholt und öffnet den Jutesack. »Ich habe gesehen, dass ihr alle sehr brav wart dieses Jahr. Stimmt das?« Er erntet ein eifriges Nicken von allen Seiten. »Das ist schön. Und weil ihr alle so brav wart, habe ich euch auch etwas mitgebracht.«

Man kann die Spannung im Raum fast greifen. Die Kinder verfolgen jede von Max' Bewegung und selbst ich tue es ihnen gleich. Er holt ein in goldenes Geschenkpapier gewickeltes Buch heraus und schlägt es auf.

»Wer von euch ist denn Roman?«, fragt er und der kleine Junge von vorhin hebt zögerlich seine Hand.

»Nun, Roman, dann schauen wir mal, was ich für dich habe.« Er kramt in dem Jutesack herum und zaubert einen kleinen Teddy in einem grünen Stickpullover hervor. »Christkind.« Er stupst mich an, gibt mir den Teddy und nickt mit dem Kopf in Romans Richtung.

Ich gehe zu Roman und überreiche ihm den Teddy. »Frohe Weihnachten, Roman.«

»Danke, liebes Christkind. Danke, lieber Weihnachtsmann.« Er nimmt den Teddy und drückt ihn an sich. Ich schaue zu Romans Vater,

der sich verstohlen eine Träne aus den Augenwinkeln wischt. Ich kann nur erahnen, wie man
sich fühlen muss, wenn das eigene Kind über
Weihnachten im Krankenhaus liegt. Hilflos, traurig, wütend?

Reihum bekommt jedes der Kinder einen
Teddy und alle freuen sich darüber, als ob es das
schönste Geschenk der Welt ist. Vielleicht ist es
das in diesem Moment auch. Mit jedem Lächeln,
das Max und ich geschenkt bekommen, sei es
von den Kindern oder deren Eltern, fühle ich
mich glücklicher. Trotz der Umstände wegen
derer ich hier bin, bin ich froh darüber.

Wir klappern Zimmer für Zimmer ab. Bald
sind wir ein eingeschworenes Team, spielen uns
die Bälle zu, wechseln uns mit Reden und Geschenke verteilen ab. Ich habe das Gefühl, dass
es Max genauso viel Freude macht wie mir und
ein Fünkchen Hoffnung keimt in mir auf, dass
vielleicht noch nicht alles verloren ist.

Irgendwann passt Sophia uns ab, als wir aus
einem Zimmer herauskommen. »Wollt ihr mal
eine Pause machen? Im Schwesternzimmer stehen Kinderpunsch und Kekse für euch.«

Max sieht mich fragend an und ich nicke.

»Eine kurze Pause klingt gut.

24

Im Schwesternzimmer streife ich zuerst die Flügel ab und gehe kurz auf die Toilette. Als ich zurückkomme, hat Max die Weihnachtsmannjacke ausgezogen. Im weißen T-Shirt steht er entspannt da und beißt in einen Spekulatius. Jetzt oder nie.

»Ich liebe dich.«

Natürlich hätte es hunderte andere Arten gegeben in dieses Gespräch einzusteigen, aber der Satz ist aus meinem Mund, bevor ich lange darüber nachdenken kann.

Max verschluckt sich an dem Spekulatius. Er hustet und ich klopfe ihm auf den Rücken. Erst als er sich beruhigt hat, rede ich weiter.

»Du hast mich gesehen, als ich ganz unten war und bist trotzdem geblieben. Du hast mir geholfen, das Licht zu finden, wo ich nur Dunkelheit gesehen habe. Und du hast mir gezeigt, wie wunderbar das Leben ist. Für all das liebe ich dich.«

Ich mache eine kurze Pause, um seine Reaktion abzuwarten. Seine Miene ist unergründlich.

»Es tut mir leid, wie ich mich gestern verhalten habe. Ich hatte Angst und statt mit dir darüber zu reden, habe ich dich weggestoßen.«

Ich sehe ihn entschuldigend an.

»In meinen bisherigen Beziehungen habe ich

196

meinen Freunden zuliebe Dinge getan, die ich nicht wollte oder Dinge nicht mehr getan, die ich eigentlich tun wollte und mich dabei Stück für Stück verloren. Erst durch deine Hilfe habe ich erkannt, wer ich bin und was ich will. Ich hatte einfach Angst, das wieder aufzugeben.«

Ich schaue ihn verzweifelt an, hoffe, dass er meine Entschuldigung annimmt.

Max schüttelt den Kopf.

Es ist vorbei. Endgültig.

Ich ziehe den Heiligenschein vom Kopf und lege ihn auf den Tisch.

»Eva.« Auf einmal steht Max direkt vor mir und hebt meinen Kopf sachte an. »Ich würde nie von dir verlangen, dass du dich für mich änderst. Das würde ich doch gar nicht wollen.«

Hoffnung keimt in mir auf.

»Ach nein?«, frage ich leise.

»Nein. Denn dann wärst du nicht mehr die Frau, in die ich mich im Spielzeugladen verliebt habe.«

Ich schaue ihn überrascht an.

»Im Spielzeugladen?«

Max nickt. »Ich war da, als du den Kunden angeschrien hast. Du hattest irgendetwas an dir, das mich berührt hat. Ich wollte dich unbedingt kennenlernen. Deswegen bin ich dir auch gefolgt.«

Sein Blick wird weich.

»Du hast dich in mich verliebt?« Ich kann es gar nicht so richtig glauben.

»Mit Haut und Haaren.«

Ich kann ihn immer noch nur ungläubig anstarren. Seine Augen leuchten in diesem unglaublichen Grün und am liebsten möchte ich darin versinken.

Er streicht mir die Haare aus dem Gesicht und legt seine Hände an meine Wangen. Ganz vorsichtig nähert er sich mir, so als hätte er Angst, ich könnte mich bei einer zu schnellen Bewegung in Luft auflösen. Dabei schaut er mich die ganze Zeit an und wie schon auf dem Weihnachtsmarkt habe ich das Gefühl, dass er bis in meine Seele blicken kann.

Seine Lippen berühren meine flüchtig, als würde er um Erlaubnis zu bitten. Ich halte seinem Blick stand, während ich die letzten Zentimeter zwischen uns überbrücke und seinen Mund mit einem Kuss verschließe.

Meine Arme schlingen sich wie von selbst um ihn und Max drückt mich fest an sich. Seine Hände fahren die Umrisse meines Körpers nach und ich erschauere unter dieser Berührung. Ich vergrabe meine Hände in seinen Haaren, was ihm ein wohliges Seufzen entlockt. Von mir aus könnten wir ewig so stehen bleiben und uns küssen.

Ein belustigtes Kichern lässt uns auseinander fahren. Sophia steht in der Tür und schaut amüsiert von einem zum anderen. »Na das ist mal ein interessantes Paar. Der Weihnachtsmann und das Christkind.«

Max und ich schauen sie peinlich berührt an und Max zuckt mit den Schultern. »Was soll ich dazu sagen? *A match made in heaven.*«

Er grinst, nimmt meine Hand und zieht mich an seine Seite. Und ich habe nicht vor, sie noch einmal zu verlassen. Wir schlüpfen wieder in unsere Kostüme und kümmern uns auch noch um die restlichen Kinder der Station. Doch diesmal ist es anders. Die Blicke, die Max mir zuwirft, hinterlassen ein Prickeln auf meiner Haut, ebenso wie die zufälligen Berührungen. Am liebsten würde ich ihn die ganze Zeit anfassen, so wie Luise vorhin meine Flügel.

Später, sage ich mir. Die anderen Kinder haben ein schönes Weihnachtsfest genauso verdient wie Luise und Roman.

Um halb fünf sind wir schließlich fertig. Sophia wartet schon auf uns und nimmt mir Flügel und Heiligenschein ab. Sie umarmt erst mich, dann Max.

»Danke, dass ihr da wart! Ihr glaubt nicht, wie viel es den Kindern, aber vor allem auch den Eltern bedeutet.«

Ich habe heute zumindest eine Ahnung davon bekommen.

»Frohe Weihnachten euch beiden.«

Wir wünschen Sophia ebenfalls frohe Weihnachten und verabschieden uns von ihr, mit dem Versprechen, im nächsten Jahr wieder zu kommen.

Kaum haben wir die Kinderstation verlassen, zieht Max mich in seine Arme und küsst mich. »Du warst ein tolles Christkind«, flüstert er und sein Atem kitzelt angenehm an meinem Ohr. »Was hältst du davon, wenn wir zurück in meine Wohnung fahren und den Heiligen Abend gemeinsam verbringen?«

»Ich halte das für eine sehr gute Idee«, sage ich und lasse meinen Blick extra langsam an ihm hinunter gleiten. »Aber es gibt eine Sache, die ich gerne vorher noch erledigen möchte.«

Max sieht mich fragend an, aber ich ziehe ihn einfach hinter mir her.

Elfriede freut sich, als wir auf einmal bei ihr im Zimmer stehen. Und wir sind überrascht.

Neben Elfriedes Bett sitzt Rosie in einem roten

Pullover mit einem überdimensionalen Schnee-mann drauf und einer Weihnachtsmütze auf dem Kopf.

Als sie Max und mich Hand in Hand dastehen sieht, hebt sie die Hände Richtung Decke.

»Herrgott im Himmel«, ruft sie, »und ich dachte schon, das wird nichts mehr!«

Ich werde rot, aber Max grinst nur bis über beide Ohren. »Glaub mir Rosie, das dachte ich auch.«

Ich stoße ihm meinen Ellenbogen in die Seite und er legt lachend einen Arm um meine Taille. Dann muss auch ich lachen.

Ich entschuldige mich noch bei Rosie, dafür, dass ich mich nicht gemeldet habe, aber sie winkt ab. »Hauptsache, es geht dir gut. Und dank dir habe ich schließlich Elfriede hier kennengelernt. Wenn sie wieder fit ist, fliegen wir zusammen in meine alte Heimat. Du wirst in der Zeit den La-den schmeißen müssen. Denkst du, du kriegst das hin?« Sie zwinkert mir zu und ich nicke überwältigt.

Vor zwei Wochen war ich allein, unglücklich und am Boden. Ich schaue in die Runde, die - so unterschiedlich jeder einzelne ist – irgendwie zu meiner Familie geworden ist. Mir wird ganz warm ums Herz und ich kann eine Freudenträne nicht zurückhalten. Max wischt sie mir sanft mit dem Daumen weg.

»Daran wirst du dich gewöhnen müssen«, sage ich mit brüchiger Stimme. »Ich bin nah am Wasser gebaut.«

»Das weiß ich doch längst«, sagt er und drückt mir einen Kuss auf die Stirn.

Rosie und Elfriede lachen und Rosie stimmt eine ziemlich schräge Version von *Silent Night* an. Wir steigen mit ein und singen die erste Strophe auf Englisch und die zweite auf Deutsch.

Dann umarmen wir beide zum Abschied, wünschen ihnen frohe Weihnachten und verlassen das Krankenhaus. Die Rückfahrt verbringen wir wie auch die Hinfahrt schweigend, aber diesmal ist es ein angenehmes Schweigen.

Bei Max zuhause ist alles festlich geschmückt. Er hat sogar einen Weihnachtsbaum. Etwas, das dieses Jahr völlig an mir vorbeigegangen ist. Ich stehe staunend davor wie ein kleines Kind und bewundere, wie sich die Lichter in den Glaskugeln spiegeln.

Max legt von hinten die Arme um mich und seinen Kopf auf meine Schulter. »Ich habe leider nur ein Lachsfilet da. Besuch war nicht eingeplant.«

Ich drehe mich zu ihm um. »Das macht nichts.

Gerade habe ich sowieso keinen Hunger. Zumindest nicht auf etwas zu Essen.«

Ich werfe ihm einen – wie ich hoffe – verführerischen Blick zu und ehe ich mich versehe, hat Max mich hochgehoben und trägt mich ins Schlafzimmer. Ich halte mich an ihm fest und verteile zarte Küsse auf seinem Hals.

Vor dem Bett lässt er mich runter und zieht mir behutsam Kleidungsstück für Kleidungsstück aus. Dann legt er mich aufs Bett, vorsichtig, als wäre ich ganz besonders kostbar.

Er zieht sich ebenfalls aus und dann steht er endlich nackt vor mir. Ich ziehe ihn zu mir aufs Bett und küsse ihn.

Diesmal genieße ich die langsamen Berührungen, gleite selbst mit meinen Händen über seinen Körper, präge mir seine Konturen ein. Am liebsten würde ich jeden Zentimeter seiner Haut küssen, aber dazu habe ich später auch noch Zeit. Oder morgen. Oder nächste Woche.

Ich seufze auf, als Max mich an meinem empfindlichsten Punkt berührt. Er verteilt die Feuchtigkeit, die sich bereits zwischen meinen Beinen gebildet hat mit den Fingern, was dazu führt, dass ich mich wohlig unter ihm winde.

Aus seinem Nachtkästchen holt er ein Kondom und zieht es sich über. Wie von selbst gleitet er in mich.

Seine Finger verschränken sich mit meinen und er beginnt, sich zu bewegen.

»Eva«, flüstert er, »mach deine Augen auf! Ich will dich sehen. Und ich will, dass du mich siehst.«

Mir war gar nicht bewusst, dass ich die Augen geschlossen hatte. Ich öffne sie und begegne seinem Blick. Darin erkenne ich dasselbe Feuer, das ich in mir spüre.

Wir finden einen gemeinsamen Rhythmus und kurze Zeit später krampfen sich meine Muskeln um seine Erektion zusammen. Max keucht wieder und wieder meinen Namen, so als könne er nicht glauben, dass ich wirklich da bin.

Diesmal schlafe ich hinterher nicht ein, sondern kuschle mich an Max, der mich fest im Arm hält.

»Frohe Weihnachten«, flüstere ich und küsse seine Nasenspitze.

»Frohe Weihnachten, Eva.«

Liebe Leserin, lieber Leser,

Evas Weihnachtsliste ist das erste Buch, das ich jemals beendet habe. Ich fühle mich glücklich, erleichtert, aber auch ein bisschen traurig, dass es jetzt vorbei ist und ich mich von Eva und Max verabschieden muss.

Ich hoffe, dir hat die Geschichte der beiden gefallen und sie sind dir genauso sehr ans Herz gewachsen wie mir.

Evas Geschichte hat sich 2016 in meinen Kopf eingenistet und mich seitdem nicht mehr richtig losgelassen. Sie wurde von dem Verkäufer eines Brillengeschäfts inspiriert, der in der Vorweihnachtszeit vor dem festlich geschmückten Laden stand und so todunglücklich aussah, dass ich noch tagelang nachgegrübelt habe, warum.

Diese Geschichte ist für alle, die auch schon mal in einer Situation waren, in der sie das Licht vor lauter Dunkelheit nicht mehr sehen konnten, in der Hoffnung, ein wenig Licht zurückzubringen.

Und denk daran: Es ist nie zu spät. Wenn dir jemand entgegen kommt, schenke ihm ein Lächeln. Wer weiß, vielleicht rettest du damit seinen Tag.

Deine Christina

Danksagung

Es gibt ein paar Menschen, ohne die dieses Buch nie in dieser Form entstanden wäre.

Allen voran meine Patin, die unbedingt etwas von mir lesen wollte. Nur deshalb ist Evas Geschichte fertig geworden.

Außerdem meine Mama, die mich von Anfang an beim Schreiben immer unterstützt hat und meinen beiden Schwestern.

Ein ganz großer Dank geht auch an Laura. Du bist die beste Unterstützung, die ich mir vorstellen kann! Danke dafür.

Danke auch an die wundervolle Saskia Renner, die Evas Geschichte neu eingekleidet hat. Das Cover ist genauso wie ich es mir immer gewünscht habe! Wenn euch das Cover auch so gut gefällt, schaut mal bei ihr vorbei (Instagram: @kristina_lagom).

Und schlussendlich danke ich natürlich jedem, der die Geschichte von Eva und Max gelesen hat, denn ohne Leser ist selbst die beste Geschichte nichts!

Zu guter Letzt habe ich noch eine Bitte an euch. Wenn euch die Geschichte gefallen hat, hinterlasst mit doch eine Rezension auf Amazon, eurem Blog, Lovelybooks oder wo auch immer. Als Selfpublisherin sind Rezensionen für mich superwichtig, um gesehen und gelesen zu werden.

Natürlich könnt ihr mir auch persönlich schreiben an mail@christina-schmidt-autorin.de oder auf Instagram unter @schmidtchen.schreibt.

Alles Liebe und frohe Weihnachten!

Eure Christina

Rezepte

Rosies Brownies

Helfen. Immer.

250 g Butter
300 g Zartbitterschokolade
3 Eier
150 g brauner Zucker
100 g Mehl
50 g Kakaopulver
1 gestrichener TL Backpulver
1 gestrichener TL Natron

1. Die Butter mit der in Stücke gebrochenen Schokolade in einem kleinen Topf schmelzen lassen. In eine Schüssel umfüllen und etwas abkühlen lassen (evtl. kurz in den Kühlschrank stellen).

2. Die Eier mit dem braunen Zucker schaumig rühren und die abgekühlte Schokobutter darunterschlagen.

3. Mehl, Kakaopulver, Backpulver und Natron kurz unterrühren, sodass die trockenen Zutaten gerade so mit der restlichen Masse verbunden sind.

4. Den Teig in eine 22 x 27 cm große, rechteckige Form füllen. Im Zweifelsfall einen Backrahmen oder Alufolie als Rand verwenden.

5. Die Brownies bei 175°C Umluft 5 Minuten backen, dann den Ofen auf 150°C runterschalten und ca. 20-25 Minuten weiterbacken. Die Brownies sollen innen noch schön weich sein, nicht ganz durchgebacken.

Mariannes Lebkuchen
Ohne Mehl. Dafür mit viel Liebe.

2 Eier
200 g brauner Zucker
1 Päckchen Vanillezucker (mit echter Vanille)
1 Messerspitze gemahlene Nelken
1 TL Zimt
1 Schuss Rum
etwas Zitronensaft
150 g zerkleinertes Zitronat (möglichst fein gemahlen)
ein wenig Muskatnuss
200 g gemahlene Mandeln
1 Messerspitze Backpulver
75 – 125 g gemahlene Haselnüsse
Oblaten (50 mm Durchmesser)
Schokoglasur

1. Die Eier sehr schaumig schlagen und nach und nach Zucker und Vanillezucker dazugeben, bis eine dicke, cremige Masse entstanden ist.

2. Die restlichen Zutaten darunter rühren. Von den Haselnüssen so viel dazugeben, dass die Masse streichfähig ist.

3. Auf jede Oblate einen gehäuften Teelöffel der Masse geben und mit einem in kaltes Wasser getauchten Messer bergförmig auf der Oblate verteilen und bei etwa 180°C ca. 25-35 Minuten backen.

5. Die abgekühlten Lebkuchen mit der Schokoglasur bestreichen.

Evas Gumbo

Gut für die Seele.

3 rote Paprikaschoten
¼ Tasse Mehl
4 Hühnerbrüste
4-6 Kabanossi
Olivenöl
4-5 Zwiebeln
3-4 Knoblauchzehen
Thymian, Rosmarin, Oregano, Basilikum, Paprika
Chiliflocken
¼ Liter Hühnerbrühe
1 Dose stückige Tomaten
2 EL Tomatenmark
Salz
Pfeffer
1 Tasse Wildreis

1. Paprika entkernen und in mundgerechte Stücke schneiden. Zwiebeln und Knoblauch schälen und fein würfeln. Hühnerbrüste in Stücke und Kabanossi in dünne Scheiben schneiden.

2. Etwas Öl in einem Topf erwärmen. Paprika ca. 10 Minuten bei mittlerer Hitze anbraten, bis sie weich und leicht braun sind. Herausnehmen und auf die Seite stellen.

3. Die Wurstscheiben und Hühnerbruststücke in den Topf geben und rundherum anbräunen. Herausnehmen und auf die Seite stellen.

4. Mindestens 3 EL Öl im selben Topf erwärmen, das Mehl zugeben und bei mittlerer Hitze, unter ständigem Rühren ca. 15-20 Minuten anbräunen. Zwiebeln und Knoblauch in den Topf geben und ca. 5 Minuten anschwitzen.

5. Hühnerbrühe, stückige Tomaten, Tomatenmark und die Paprikastücke einrühren und aufkochen lassen. 15 Minuten köcheln lassen.

6. Die Hühnerbruststücke und die Wurst zurück in den Topf geben.

7. Mit Gewürzen, Salz und Pfeffer abschmecken.

8. Hitze reduzieren und ca. 45 Minuten aufgedeckt köcheln lassen. Ab und zu umrühren.

9. Den Reis nach Packungsangabe kochen und ganz zum Schluss einrühren.

Bücher, die bereits von mir erschienen sind:

The Seaville Stories
Lou & Jace – *Neuauflage September 2020*
Megan & Blake – *Oktober 2020*
Danielle & Sam – *2021*

Adventskalenderroman
Evas Weihnachtsliste

Impressum:

Christina Schmidt
Widderstraße 91
90765 Fürth

mail@christina-schmidt-autorin.de
Instagram: @schmidtchen.schreibt
www.christina-schmidt-autorin.de